Lucas, symbole malgré lui

SÉVERINE VERMARD
avec la collaboration de Pierre Martinerie

Postface de Me Catherine Faivre

Lucas, symbole malgré lui

HarperCollins

HARPERCOLLINS FRANCE
83-85, boulevard Vincent-Auriol, 75646 PARIS CEDEX 13
Tél. : 01 42 16 63 63

www.harpercollins.fr

ISBN 979-10-339-1754-0

À la mémoire de mon fils, Lucas, victime d'injures
homophobes répétées, malheureusement devenues
ordinaires à l'école, et parti bien trop tôt.
Ta douleur invisible a marqué nos vies,
mais ton courage restera à jamais gravé dans nos cœurs.
Ton absence est une blessure profonde,
mais à travers mon combat, ta voix résonnera
pour que plus aucun enfant ne souffre dans le silence.
À toi, et à tous ceux qui traversent
des épreuves similaires, je dédie ce livre.
Puissions-nous, ensemble, vaincre ce fléau
et offrir un monde plus bienveillant à nos enfants.

Avec tout mon amour et ma détermination.

Épinal, 6 février 2024

La clé est dans ma poche. Elle ne me quitte pas. Où que j'aille, je la garde avec moi. Elle ouvre le placard où sont rassemblés les cartons qui contiennent les affaires de Lucas. Ses habits, ses jouets, ses carnets de dessins, ses feutres, ses photos ; tout ce qu'il a chéri, touché, regardé, et qui constituait son univers de petit garçon est là, derrière ces portes closes. Et si je trimballe cette clé en permanence, c'est pour être certaine que personne ne viendra fouiller dans ses affaires. Je ne veux pas qu'on les abîme ni que quelqu'un se les approprie. Je veille sur ces choses comme s'il était encore possible que Lucas vienne me les réclamer un jour : j'en suis la gardienne.

Quelques semaines après son suicide, sa sœur Anna, son frère Damien, mon conjoint de l'époque Mathieu, et moi, avons quitté l'appartement de Golbey. La mort avait contaminé les lieux. Partout où mes yeux se posaient, j'étais assaillie par l'inconcevable. Tout me renvoyait à la découverte du corps de mon fils. Continuer à habiter entre ces murs nous condamnait à revivre l'horreur de cette journée de janvier 2023, à revoir ces images obsédantes. Pour espérer que ma famille se reconstruise, je devais l'éloigner de cet endroit. L'air y était devenu irrespirable. Nous suffoquions. Empaqueter ce qui avait appartenu à Lucas était au-dessus de mes forces. Mathieu et Laetitia, une amie proche, s'en sont chargés à ma place. Les cartons ont été entreposés sur la plus haute étagère du placard de l'entrée de notre nouveau logement à Épinal. En passant devant tous les jours, plusieurs fois par jour, je me demande souvent si je serai jamais capable de me confronter à ce qui repose à l'intérieur. Capable de tourner la clé dans la serrure, de descendre les cartons un à un, et de contempler ce qu'ils renferment : l'absence de Lucas. Aussi, d'habitude, j'évite de trop m'attarder dans ce périmètre. J'esquive. Mais aujourd'hui, postée devant les portes verrouillées, je serre la clé dans ma main et je tremble. Je suis déterminée.

Laetitia et Roxane, sa compagne, sont à mes côtés. Leur présence m'encourage. Je ne me voyais pas entreprendre ce travail toute seule.

Les cartons sont maintenant sur la table de la salle à manger. Il y en a huit. Je suis tétanisée. Je pourrais m'en tenir là. Remettre tout ça à plus tard. Reculer face à l'obstacle. Décréter que je ne suis pas prête – d'ailleurs je ne suis pas prête. En vérité, je doute de pouvoir l'être un jour. Alors à quoi bon attendre plus longtemps ? Autant se lancer. Je finis par relever les rabats. Doucement, tout doucement, comme si je craignais de réveiller quelqu'un ou quelque chose. Je saisis le T-shirt qui se trouve au sommet d'une pile de vêtements. Le simple contact du tissu entre mes doigts me fait fondre en larmes instantanément. Je le déplie, le respire à pleins poumons. L'odeur de Lucas semble incrustée dans les fibres du coton. Je serre ce T-shirt contre moi comme s'il s'agissait de mon fils ou plutôt d'un morceau de lui. Je me gorge de ce qui subsiste encore de sa présence. Et si, l'espace de quelques secondes, j'ai l'impression que mon Lucas est de retour, je réalise aussi que son absence est définitive. Irrémédiable.

Je sors et inspecte minutieusement chaque objet. Je ne sais pas ce que je cherche. Ou plutôt si, je le sais très bien : je cherche des indices du mal-être de Lucas. Un petit mot dissimulé dans le fond d'une poche ou griffonné dans les marges d'un cahier de textes qui me révélerait soudain ce que je n'ai pas su voir. Quelque chose qui aurait échappé aux enquêteurs. J'attends de ces objets qu'ils témoignent de ce qu'il y avait dans la tête de leur propriétaire et qu'ils me livrent ses secrets les plus intimes. Qu'ils m'aident à comprendre comment un garçon de treize ans peut décider que la vie ne vaut plus la peine d'être vécue. Mais ces objets restent muets et ne m'apprennent rien que je ne sache déjà sur mon fils.

En feuilletant un petit carnet à spirale, je trouve, écrite au stylo bille bleu, une déclaration d'amour de Lucas à sa sœur : « Salut Anna. Je t'aime de tout mon cœur. Tu es la plus belle du monde entier. Tu es tout le temps pleine de joie et de bonne humeur. Tu as bientôt quatre ans, comme tu es grande ! En plus, c'est presque Halloween. Bref, je t'aime ! » Je détache la page du carnet et la pose contre une photo d'Anna, prise quelques jours après sa naissance. Nous l'avions encadrée après mon retour de la maternité, et elle trône à présent sur une étagère de la bibliothèque. Mes deux enfants, l'un contre l'autre.

Il est bientôt l'heure d'aller chercher Anna à l'école. Je ne veux pas qu'elle voie les cartons en rentrant à la maison. J'ai peur de craquer devant elle si elle me questionne sur leur contenu. Mes enfants m'ont assez vue pleurer comme ça et j'essaie au maximum de ne plus leur imposer mes larmes. Pour eux, je me dois de rester debout. Je vois bien qu'ils souffrent, qu'ils se débattent dans leur tristesse, et je ne veux pas en rajouter. Les cartons retrouvent leur place en haut du placard de l'entrée. En partant, mes deux amies me prennent dans leurs bras. Je les remercie pour leur présence.

L'école est à une dizaine de minutes à pied. Aujourd'hui, à Épinal, le temps est maussade, humide, mais au moins il ne pleut pas. Nous vivons sur une colline. Le bout de notre rue offre une très belle vue sur les ruines du château qui domine le centre-ville et la Moselle. Lucas aimait aller se promener là-bas. Je poursuis ma route. La clé du placard de l'entrée est dans la poche de mon manteau. Je la sens. Je sens son poids. Ce poids est celui de l'absence, et l'absence a la forme d'une clé. Depuis la mort de Lucas, je lutte pour que ce poids ne me fasse pas définitivement sombrer. Vivre est devenu pour moi un combat contre les lois de la gravité. Et pourtant…

Je plonge la main dans ma poche et empoigne la clé. Soudain, elle me paraît plus légère. Je marche avec moins de difficulté. Ma respiration est plus ample. Peut-être que ça ne durera pas, mais j'ai l'impression que l'absence de mon fils est un peu moins lourde à porter.

Chapitre 1

Un garçon unique

Un être solaire

Lucas est devenu malgré lui le symbole des ravages de l'homophobie et du harcèlement scolaire. Son histoire a contribué à une prise de conscience collective de ces fléaux. Elle a aussi insufflé à beaucoup d'entre nous la détermination à lutter contre la haine sous toutes ses formes. L'exemple de Lucas m'engage, et nous engage, à tout mettre en œuvre pour qu'une tragédie comme la sienne ne se reproduise plus. Cependant, je ne souhaite pas voir mon fils réduit au seul statut de victime. Je veux que l'on se souvienne de lui autrement. Je veux que l'on se souvienne de lui pour ce qu'il était avant que sa détresse n'ait eu raison de lui : un petit garçon solaire, créatif et aventureux, un frère attentionné, un fils aimant. Un individu unique en son genre – et non une victime ou un symbole. En racontant la courte vie de Lucas, je veux que celles et ceux qui liront ce livre et qui n'ont pas eu la chance de le rencontrer apprennent à le connaître. Je veux que le souvenir de mon fils existe dans le cœur d'une foule. Plus nous serons nombreux à penser à lui, plus la mémoire de Lucas sera vivante.

Lucas était un survivant. Quand, après l'accouchement, le 31 juillet 2009, je l'ai enfin tenu dans mes bras, je n'y croyais pas. Sa venue au monde relevait pour moi du miracle. D'abord, ma grossesse avait été compliquée, douloureuse. Ensuite les médecins avaient détecté chez le bébé un ralentissement du rythme cardiaque. Pour cette raison, sa naissance a été déclenchée avant le terme. Épreuve supplémentaire, le cordon ombilical s'était entortillé autour des bras et des jambes de Lucas mais, heureusement, mon bébé était en excellente santé. Mon soulagement était indescriptible. Nous avions eu si peur de le perdre. Je crois d'ailleurs que cette peur ne m'a jamais quittée par la suite. Rétrospectivement, je ne peux m'empêcher de voir ce sentiment comme un présage, celui d'un danger planant sur la vie de mon fils, et cela ne fait qu'aggraver ma conviction d'avoir failli à mon devoir de mère : protéger mon enfant. Comme si j'avais été prévenue, dès sa naissance, que quelque chose de terrible allait arriver à Lucas et que sa mort aurait pu être évitée si j'avais été plus attentive. Comme si ne pas avoir pu empêcher son suicide faisait de moi sa meurtrière indirecte. J'ai beau savoir que ce n'est pas vrai, ce genre de pensées parasites me ravagent. Encore aujourd'hui, deux ans après. La culpabilité est une maladie dont on ne guérit pas.

Lucas était un bébé calme et souriant. Dès ses premiers jours, j'ai senti son désir de nouer le contact avec ceux qui s'approchaient de lui. Cette disposition naturelle n'a fait que se confirmer avec les années. Mon fils a toujours été tourné vers les autres. Il était sociable, curieux, attentionné. Il était surtout incroyablement solaire. De sa personne émanait une lumière qui vous réchauffait et vous rendait la vie plus douce. Sa joie était contagieuse, son enthousiasme, communicatif. Lucas, mieux que quiconque, savait vous emporter dans ses jeux, son univers, sa fantaisie.

Petit, il crapahutait dans l'appartement et mettait la main sur tout ce qui pouvait faire office de déguisement. Il s'enturbannait la tête de serviettes-éponges, s'enroulait dans des paréos passés sous les aisselles, enfilait mes chaussures et mes bijoux, paradait avec mes soutiens-gorge – qu'il était drôle ! Sérieux comme un pape, il veillait à ne pas se prendre les pieds dans ces vêtements trop grands pour lui, et m'expliquait qu'il jouait à me « remplacer ». Il endossait tantôt le rôle de « maman », celui de « princesse » et plus tard, quand Anna est née, de « grande sœur ». Comme tous les enfants, il se racontait des histoires et découvrait le monde en empruntant les sentiers de l'imaginaire.

Vers l'âge de trois ans, il m'a demandé une poupée. Je n'ai pas hésité une seconde à satisfaire son souhait. Je lui ai offert l'une de ces poupées au corps mou et aux yeux dormeurs. Ses longs cheveux blonds et ses membres en plastique sentaient la vanille. Lucas était aux anges. Je revois encore son visage au moment où il l'a sortie de la boîte. Son excitation, cette joie débordante qui le faisait presque trembler. Comment aurais-je pu m'opposer à son bonheur en lui refusant ce jouet qu'il convoitait tant, sous prétexte qu'il aurait été « réservé » aux filles et donc « interdit » aux garçons ?

La différence de Lucas a toujours été une évidence, et c'est comme une évidence que je l'ai acceptée. D'une certaine façon, avec une personnalité si affirmée, il ne laissait pas d'autre choix à son entourage. Je ne me suis jamais dit que son comportement n'était pas « normal ».

Mais je n'étais pas naïve et j'avais conscience que sa singularité risquait de l'exposer à la violence du regard des autres. Très tôt, Lucas en a fait l'expérience.

C'était à l'époque où nous vivions encore à Saint-Dié-des-Vosges. Lucas venait d'entrer en maternelle. Il s'amusait avec sa poupée au pied des quelques marches de notre résidence depuis lesquelles je le surveillais. Un petit groupe de garçons dont la moyenne d'âge ne devait pas dépasser les dix ans est passé près de nous. Plusieurs se sont moqués de Lucas : « Fais gaffe, tu vas te transformer en fille si tu continues à jouer avec ça ! » Heureusement, j'étais là, et les gamins n'ont pas insisté. Lucas s'est tourné vers moi, interloqué. Il ne comprenait pas ce qui venait d'arriver. Je lui ai expliqué que l'attitude de ces gamins était liée à leur éducation. Dans certaines familles, les parents apprennent aux enfants qu'être un garçon suppose d'adopter certains comportements et notamment de préférer certains jeux. Ces gens-là ne peuvent pas imaginer qu'un garçon ait envie d'autre chose que de motos, de soldats ou de ballons de foot. J'ai ajouté qu'en réalité il n'y avait aucune règle et que chacun était libre de faire comme il voulait. Mon fils a médité ma réponse et a conclu que, dans ce cas, il continuerait à jouer avec sa poupée.

Lucas n'a jamais voulu transiger sur son identité. Il ne s'est jamais caché par peur de déplaire. Il voulait être libre. Entièrement. Il avait pour modèle la chanteuse Adele dont il vénérait la voix, le style, mais aussi cette façon qu'elle avait de se foutre des diktats de minceur en assumant ses formes. Et c'est peut-être cette liberté-là, celle de vivre au grand jour sa différence, qui a fait de lui une cible. Car pour bien des individus la liberté d'autrui est intolérable.

Même si mon fils jouait à la poupée, même si sa sensibilité et ses goûts n'étaient pas dans la norme, cela ne signifiait pas pour autant qu'il était gay. Pour moi, Lucas était d'abord un enfant, il était naturel qu'il se cherche et je n'avais pas envie qu'on lui colle trop tôt une étiquette sur le front. Homo ou hétéro, peu m'importait, mais j'estimais que c'était à lui, et à lui seul, de clarifier son orientation sexuelle le moment venu, lorsqu'il en éprouverait le besoin.

Ce moment est arrivé à l'automne 2020, pendant les vacances de la Toussaint, quelques mois avant notre déménagement pour Golbey. Lucas avait onze ans. À l'époque, nous vivions à Celles-sur-Plaine, une commune rurale et touristique des Vosges, cernée par les montagnes et les forêts, et réputée pour ses lacs. Nous y sommes restés une dizaine d'années. Je crois pouvoir affirmer sans exagérer que c'est là-bas que les enfants et moi avons été le plus heureux. Nous avions passé l'après-midi avec la marraine d'Anna, Carole. En rentrant d'une promenade à travers la campagne, j'ai vu que Lucas n'était pas dans son assiette. Il s'est réfugié dans la salle de bains et a demandé à s'entretenir avec Carole dont il était très proche. Au bout d'une demi-heure, cette dernière m'a retrouvée dans le salon. Lucas était au plus mal, il avait quelque chose d'important à me dire. Quand je suis entrée dans la salle de bains, il m'a tout de suite demandé d'éteindre la lumière.

— Je ne veux pas sentir ton regard sur moi. Je ne veux pas que tu me voies.

Je me suis exécutée. Nous étions tous deux plongés dans le noir. J'ai tenté de l'apaiser en lui assurant qu'il n'y avait rien que je ne puisse entendre, que j'étais sa mère et que je l'aimerais envers et contre tout.

— Justement, j'ai peur que tu ne m'aimes plus si je te dis la vérité.

J'avais mal pour lui. Mal avec lui. Enfin, il s'est lancé et m'a annoncé qu'il aimait les garçons. Sur ces mots, j'ai fait basculer l'interrupteur, et la pièce s'est éclairée. Lucas était assis sur le rebord de la baignoire, ébloui par l'afflux de lumière.

— Regarde-moi, lui ai-je dit.

Il a levé vers moi ses yeux embués de larmes.

— Je t'aime, mon fils. Tu es ma chair, mon sang. Ton bonheur est tout ce qui m'importe. Le reste n'a pas d'importance.

— Tu es sûre, a-t-il murmuré ? Tu ne me détestes pas ?

Je lui ai ouvert mes bras, il s'est levé et m'a serrée dans les siens avec une intensité que je n'oublierai jamais. Ce câlin n'a peut-être duré que quelques minutes. Pourtant, j'ai l'impression que nous sommes restés l'un contre l'autre pendant mille ans. C'était comme si, durant ce laps de temps, le monde avait continué d'exister sans nous. Nous étions ailleurs, sur une autre planète. Loin de tout. En apesanteur. J'aurais aimé ne jamais redescendre.

Le *coming-out* de Lucas n'a fait que renforcer la confiance sur laquelle notre relation avait toujours été fondée. Par exemple, lorsque nous marchions dans la rue et qu'il repérait un garçon qui lui plaisait, il me le faisait remarquer et nous commentions ensemble, comme deux commères, les qualités physiques du garçon en question. Cela donnait lieu à des échanges amusants :

— Dis, maman, tu crois que, si je le lui demande, il me donnera son numéro de téléphone ?

— Qui ne tente rien n'a rien ! Vas-y ! Je te couvre !

Lucas finissait par se dégonfler, et on en riait ensemble. Entre nous, l'homosexualité n'était pas taboue. Aucun sujet ne l'était, d'ailleurs. J'ai grandi dans une famille où la parole circulait peu et où la pudeur régnait en maître. Mes parents et moi ne parlions pas de sexualité, ni, du reste, de tout ce qui touchait à l'intimité d'une manière plus générale. J'ai parfois souffert de ne pas pouvoir me confier à eux. Cependant je ne leur en veux pas. Ils ont fait ce qu'ils ont pu. Ils avaient leurs problèmes. « Parler » ne va pas de soi et c'est autant une question de tempérament que d'éducation. Aussi, je ne voulais pas que mes enfants vivent ce que j'ai vécu. Dès la naissance de Damien, mon aîné, j'avais tout mis en œuvre pour qu'ils sachent que je serais toujours là pour les écouter. Il n'y a rien qu'une mère ne puisse entendre de la bouche de ceux qu'elle a mis au monde.

Quand Lucas m'a appris qu'il avait un petit copain, j'étais très heureuse pour lui. Autour de moi, certains semblaient penser que c'était un peu tôt. J'entendais des phrases du genre : « Tu es sûre qu'il est gay ? » Ça m'agaçait. J'admets que Lucas était précoce et pas seulement sur le plan des relations amoureuses. À de nombreux égards, il me paraissait plus mature que les garçons de son âge et même que bien des adultes ! Mais je pense que personne n'aurait rien trouvé à redire si Lucas avait ramené une fille à la maison. Le privilège de l'hétéro, c'est de ne pas avoir à se justifier. Et, au fond, j'avais l'impression que c'était ce que l'on exigeait de moi : que je justifie l'homosexualité de mon fils en faisant croire qu'il ne s'agissait que d'une passade. Or il n'y avait rien à justifier. Lucas préférait les garçons. Point à la ligne. Et ça ne regardait personne.

Cette première expérience amoureuse a beaucoup apporté à Lucas et me réjouissait d'autant plus qu'il n'avait pas eu une année facile. Nous avions emménagé à Golbey six mois auparavant et il avait dû, depuis, composer avec le harcèlement dont il se sentait victime au collège. Cette relation me permettait d'envisager à quoi pourrait ressembler l'avenir de mon fils. Je m'explique : le 14 juillet 2022, Lucas avait proposé que l'on aille voir le feu d'artifice et participer à la fête organisée par la municipalité. Avec son petit ami, la mère de ce dernier, Anna et Damien, nous avions marché jusqu'à la place de l'Hôtel-de-Ville. Il y avait foule. Partout de la musique et des gens qui se trémoussaient. Lucas et Corentin semblaient soudain réticents à l'idée de s'afficher. Eux qui ne manquaient pas une occasion de se tenir par la main restaient distants. Embarrassés. Comme s'ils avaient brusquement perdu leurs repères, oublié qui ils étaient et le but de la soirée : s'amuser. Leur joie et leur insouciance s'étaient soudain envolées. Ça m'a tout de suite alertée. J'ai demandé à mon fils ce qu'il avait.

— J'ai peur que les gens nous regardent, m'a-t-il avoué.

C'était trop injuste. Je ne pouvais pas laisser le regard des autres gâcher son plaisir.

— Et alors, ai-je répondu, les gens, on s'en fiche ! Si ça leur pose un problème de voir deux garçons qui s'aiment, tant pis pour eux !

Alors, Lucas et Corentin se sont jetés dans la mêlée. Je les ai vus se déchaîner sur les « sunlights des tropiques », se dandiner sur la danse des canards, rejoindre une queue-leu-leu infernale. C'était magique de voir Lucas comme ça. Et puis la nuit est tombée, le feu d'artifice a été tiré. Lucas et Corentin étaient assis par terre, dans les bras l'un de l'autre, à côté de nous et au milieu de la foule. Des gerbes de lumière colorée éclairaient leurs visages levés vers le ciel. Moi, je n'avais d'yeux que pour mon fils et pour l'image d'enchantement qu'il me renvoyait. À voir mon fils si épanoui, avec des étoiles plein les yeux et tendrement lové contre Corentin, je me figurais que ses difficultés étaient désormais derrière nous. Je crois m'être dit : *Séverine, tu as réussi. Lucas a trouvé sa place. À partir de maintenant, tout ira bien.* Je me suis surprise à imaginer ce que serait sa vie dans quelques années. Je le voyais, conformément à son rêve, coiffeur ou styliste pour les plus grandes stars, vivant à Paris avec son compagnon dans un appartement haussmannien avec cheminée en marbre, dorures, moulures et tout le tralala, voyageant dans le monde entier, et m'appelant tous les jours pour que je ne m'inquiète pas en le sachant si loin.

J'aurais donné ma vie pour que ce rêve se réalise.

Golbey et l'engrenage infernal

Parfois, je me dis que rien de toute cette histoire ne se serait produit si mon ex-conjoint et moi n'avions pas pris la décision de partir nous installer à Golbey. Mathieu travaillait à Épinal, à cinquante kilomètres de notre domicile. Il faisait le trajet en voiture tous les jours et ces allers-retours finissaient par nous coûter trop cher. Avec trois enfants à charge et l'augmentation du coût de la vie, nous ne pouvions plus nous permettre de telles dépenses. En quittant notre village pour une plus grande ville, j'espérais également faciliter mon retour à l'emploi et accroître les chances de réussite scolaire de Damien, Lucas et Anna. De plus, la proximité de Golbey avec Épinal leur offrirait davantage d'opportunités professionnelles. Bien sûr, il leur faudrait dire au revoir à leurs amis et s'adapter à un nouvel environnement, mais ces désagréments ne pèseraient pas lourd comparés aux bénéfices à long terme qu'ils tireraient de cette installation. Il fallait être réaliste et penser à l'avenir : cela passait par le fait de s'extraire du microcosme rassurant de Celles-sur-Plaine.

Nous avons rempli une demande de logement social, et on nous a attribué un appartement de trois chambres, à une centaine de mètres du collège et du centre social. Sur le papier, c'était idéal et nous avons emménagé en janvier 2022, un an avant le suicide de Lucas.

Le quartier m'a rapidement déplu. Je n'étais pas habituée à tout ce béton et à une telle densité de population. Et puis les gens semblaient froids, peu disposés à engager la conversation. L'ambiance était aux antipodes de ce que nous avions connu auparavant. Les débuts en demi-teinte de Lucas au collège n'ont fait que noircir ce tableau qui, dès notre arrivée, tirait déjà franchement sur le gris.

Lucas a intégré sa classe de cinquième en milieu d'année scolaire. J'ai vite compris qu'il y avait un problème. Dès la première semaine, en fait.

Quand il rentrait de l'école et que je lui demandais comment s'était passée sa journée, il me répondait à peine, coupait court à la discussion et s'enfermait dans sa chambre. Ça ne lui ressemblait pas. J'ai d'abord mis ce changement d'attitude sur le compte d'un basculement dans la crise d'adolescence. Et puis je concevais aussi qu'il puisse se sentir seul. Abandonner ses plus anciens camarades lui avait coûté, et ces derniers lui manquaient beaucoup.

Mais, trois semaines après sa rentrée, un soir Lucas a explosé : « Pourquoi les gens ne m'aiment pas ? » Alors il a vidé son sac, m'avouant qu'il se faisait traiter de « sale pédé » et qu'on lui répétait continuellement qu'il devrait « avoir honte ». Il avait d'abord été le « nouveau » et suscité l'intérêt de ses camarades. Mais, au bout de quelques jours, il était devenu la « bête curieuse ». Ses jeans slim, ses T-shirts aux couleurs vives et ses Converse à cœurs et à bouts roses, notamment, lui avaient aussitôt valu des moqueries. Contrairement aux autres, il n'était pas en « survêt ». Afin de s'intégrer, Lucas s'était d'abord efforcé de changer de style. Sans succès. Comprenant qu'il ne serait pas mieux accepté en se conformant aux codes vestimentaires du collège, il avait préféré rester lui-même.

Il m'a donné des noms. Des noms qui me hantent. J'ai proposé d'intervenir auprès du collège, mais Lucas m'en a vivement dissuadée. Il craignait des représailles. Je lui ai donc fait promettre d'avertir les surveillants en le prévenant que, si la situation ne s'améliorait pas, je serais contrainte de contacter l'établissement moi-même. Ce que j'ai fini par faire quelques mois plus tard. Mais, à ce stade, je me disais encore que les choses pouvaient se résoudre d'elles-mêmes. Et surtout, je ne voulais pas agir contre la volonté de Lucas.

Après cette discussion et au cours des semaines suivantes, Lucas m'a paru plus apaisé. Je lui avais toujours conseillé d'ignorer les haineux et de les traiter avec indifférence. Cette stratégie n'était cependant plus adaptée. Lucas avait tenté de se rebeller contre les quatre jeunes qui l'avaient dans le viseur. Il avait peur, même s'il ne me le montrait pas ou ne me le disait pas. Je l'interrogeais régulièrement sur ce qu'il vivait à l'école, mais il restait évasif. Il me laissait croire à une accalmie, scénario d'autant plus crédible que son comportement en famille n'avait rien d'alarmant. Il était peut-être un peu plus taciturne qu'à l'ordinaire et nos conversations semblaient moins profondes, mais je trouvais logique qu'à son âge mon fils s'éloigne un peu de moi, qu'il manifeste à mon égard davantage de réserve. C'était dans l'ordre des choses. Par ailleurs, Lucas cumulait les preuves d'une intégration réussie dans son nouveau cadre de vie : il s'était fait de nouveaux amis, avait de bonnes notes, participait en classe, se passionnait pour la danse et le théâtre, et avait même un petit copain. À la fin de l'année scolaire, je me suis dit que Lucas avait essuyé les pots cassés durant les premiers mois de notre arrivée à Golbey, et qu'en septembre il pourrait repartir sur de nouvelles bases plus solides et plus saines. Je me trompais.

En septembre, Lucas est donc rentré en quatrième et j'étais confiante. Le coup de massue ne s'est pas fait attendre. Cette fois, Lucas s'est tout de suite tourné vers moi. La pluie d'insultes homophobes qui s'était abattue avant l'été avait redoublé d'intensité. Je suis passée à l'action et j'ai contacté son professeur principal. Ce dernier a été très réactif. Il a envoyé un mail à l'équipe pédagogique pour lui exposer la gravité des faits et inviter les enseignants à se tenir sur leurs gardes. Il s'est également entretenu avec les quatre élèves mis en cause. Malgré ces premières mesures, ceux-ci ont continué à s'en donner à cœur joie.

En octobre, j'ai téléphoné à la CPE du collège. J'espérais qu'elle convoquerait les quatre élèves et leurs parents pour les rappeler à l'ordre une bonne fois pour toutes. J'espérais des sanctions. Elle m'a garanti qu'elle allait gérer la situation. Au cours des semaines suivantes, j'ai plusieurs fois tenté de la joindre afin d'être informée de l'avancée du dossier. En décembre, la CPE m'a répondu que j'exagérais et qu'il ne s'agissait que de « simples chamailleries ». Je me heurtais au silence assourdissant de l'établissement. Lors de l'audience de première instance pour harcèlement au tribunal pour enfants d'Épinal, j'ai appris que seul un couple de parents sur quatre avait été prévenu incidemment de ce qui était reproché à son enfant, et que les trois autres n'avaient jamais été mis au courant.

En parallèle, j'ai commencé à assister à la lente métamorphose de mon fils. Ses résultats scolaires étaient toujours satisfaisants. Sa motivation pour la danse, le théâtre et le dessin, intacte. Son degré de sociabilité inchangé. En revanche, la vie à la maison est peu à peu devenue un enfer. Avec sa famille, il extériorisait par la violence le mal-être qui le rongeait de l'intérieur. Il me parlait mal, ne respectait plus rien, semblait sans cesse vouloir défier l'autorité parentale et s'écharpait avec Mathieu. Et puis, évidemment, il refusait d'évoquer ce qui se passait à l'école. Il faisait *comme si*. Sans doute redoutait-il que je provoque un scandale au collège. Là encore, avec le recul, je m'en veux. Je m'en veux de ne pas y être allée. De ne pas avoir tapé du poing sur la table de la CPE ou du principal. Peut-être aurais-je alors réussi à sauver Lucas ?

En décembre, j'ai appelé les services sociaux à l'aide. Je ne savais plus comment gérer mon fils. Je ne le reconnaissais plus. Il me semblait que, par l'intermédiaire d'une tierce personne, Lucas saurait exprimer ce qui le tourmentait. À l'assistante sociale qui est venue l'interroger, il n'a fait aucune allusion à ce qu'il subissait à l'école. Pas un mot.

Pendant les vacances de Noël, la tourmente dans laquelle nous nous débattions depuis la rentrée a connu une période de trêve. Lucas semblait se stabiliser. Il me parlait de nouveau de ce qui embellissait sa vie. Son rendez-vous avec l'assistante sociale avait-il porté ses fruits ? En tout cas, j'avais déjà remarqué à quel point Lucas était différent dès qu'il cessait de fréquenter le collège. Durant les vacances, il redevenait lui-même, un enfant espiègle, tendre et joyeux. Quand je l'ai embrassé pour lui souhaiter une belle et heureuse année 2023, j'étais convaincue que tout finirait par s'arranger.

La fin des vacances était prévue le mardi 3 janvier. Quatre jours après son retour au collège, Lucas s'est pendu aux barreaux de son lit superposé avec un foulard qui appartenait à sa meilleure amie. Il avait treize ans et demi et la vie devant lui.

Épinal, 3 avril 2024

Mon père est au volant de la voiture. Il nous conduit au cimetière d'Épinal où sont conservées les cendres de Lucas. Le temps est sinistre, comme chaque fois que je vais là-bas. Un vent glacial et féroce souffle sur la ville. La pluie ne tombe même plus à la verticale mais presque à l'horizontale : les bourrasques désaxent sa trajectoire. Moi aussi, je me sens désaxée.

Trois mois que je ne suis pas allée me recueillir au columbarium. Au début, je m'y rendais tous les quinze jours. Je me forçais à regarder la plaque avec le nom et la date de naissance de Lucas inscrits sur la pierre. Je lisais et me répétais : Lucas Vermard, 2009-2023. Ça me semblait irréel. Je n'arrivais pas à réaliser qu'il s'agissait de mon fils. Je voyais bien son nom et sa date de naissance, mais c'était comme si mon cerveau refusait d'enregistrer cette information. De la sauvegarder.

Depuis le 7 janvier dernier, je n'ai pas été capable de me rendre au cimetière. J'avais voulu y aller pour le premier anniversaire de la disparition de Lucas. Ça me semblait important. Ne serait-ce que pour que Lucas n'ait pas le sentiment que je l'oublie. Mais, tandis que je remontais l'allée principale, le sol s'est dérobé sous mes pas. J'ignore ce qui s'est passé dans ma tête à ce moment-là. Tout ce que je sais, c'est qu'avancer n'était plus possible. Mon corps refusait d'approcher plus près de ce qui restait du corps de mon fils : j'étais soudain rattrapée par la réalité de sa mort.

J'ai eu alors l'impression d'un retour à la case départ. C'était comme si tout ce que j'avais construit depuis le suicide de Lucas ne m'avait pas rendue plus forte, plus déterminée. Je m'étais jetée à corps perdu dans diverses initiatives visant à lui « rendre justice », je croyais que rien ne pouvait m'arrêter. Je me donnais l'illusion d'aller de l'avant. De surmonter les obstacles. Mais je me voilais la face. Un an après, dans l'allée gravillonnée du cimetière, je me découvrais aussi fracassée qu'à la découverte du corps de mon fils. J'étais à terre. Je n'étais pas reconstruite.

J'étais comme quelqu'un à qui on aurait plâtré une jambe après une fracture ouverte et qui, sous prétexte qu'il parvient à se déplacer avec des béquilles, pense que le plâtre est devenu inutile. Alors il fait sauter le plâtre, s'appuie sur ses deux jambes et s'écroule. Il fallait désormais accepter l'idée que réapprendre à marcher prendrait du temps, peut-être même une vie, et que ce réapprentissage comporterait d'inévitables chutes. Marcher à nouveau signifiait pour moi : apprendre à vivre sans mon fils, faire en sorte que ma vie ne s'arrête pas là où s'est arrêtée la sienne – lui survivre.

Hier, mon père m'a appelée pour me dire qu'il souhaitait rendre visite à son petit-fils. Quelques semaines plus tôt, j'avais ouvert les cartons avec les affaires de Lucas, et je sentais que le temps était venu pour moi d'affronter ce qui m'avait fait flancher au cimetière. J'ai donc demandé à mon père de passer me prendre à la maison. J'irais avec lui.

Je sors de la voiture et traverse le parking. La grille est ouverte. Dimanche dernier, c'était le dimanche des Rameaux. Plusieurs tombes ont été fleuries à cette occasion. Ces offrandes semblent avoir été prématurément pourries par le mauvais temps. Je suis emmitouflée dans mon manteau, capuche relevée sur mes cheveux pour me protéger du crachin. Mon père marche à côté de moi, en silence. Il m'a dit que je n'étais pas obligée de le suivre, qu'il comprendrait que je l'attende dans la voiture, mais je veux voir mon fils. J'ai des choses à lui dire, des choses que je me dois de lui dire en face. Alors nous avançons ensemble dans le froid. Tout en marchant, je constate qu'aujourd'hui mon corps ne me trahit pas.

La niche avec les cendres de Lucas est la sixième en partant de la droite sur la quatrième rangée. Il est entouré de personnes âgées. Ça me réconforte. Je me dis que ces anciens veillent sur lui comme ils veilleraient sur un membre de leur famille.

Après s'être recueilli quelques minutes, mon père se retire et me laisse le champ libre. Avant qu'il s'éloigne, sa main se pose sur mon bras et l'étreint. Le contact est furtif mais réconfortant. C'est sa façon de me donner du courage. Je le regarde partir de sa démarche légèrement boiteuse, séquelle d'un grave accident de moto survenu des années auparavant. Je suis maintenant en tête à tête avec Lucas. Je ravale ma salive. Je suis anxieuse. Par où commencer ? Bien sûr, depuis qu'il n'est plus là, il ne se passe pas une journée sans que je lui parle en pensées. Mais ici, devant sa sépulture, ce n'est pas tout à fait pareil. C'est peut-être moins intime. Je ne sais pas. Ici, j'ai l'impression que ce n'est pas juste lui et moi. Que d'autres peuvent nous entendre. Qu'on nous regarde. Pas les visiteurs du cimetière, mais ceux qui y résident – les morts.

Je lis l'inscription : Lucas Vermard, 2009-2023. C'est bien lui. Mon fils. Derrière la plaque. J'effleure sa surface du bout des doigts. La pierre est froide. J'aimerais que Lucas me fasse signe, qu'il m'apparaisse sous une forme ou une autre. Une éclaircie, un rayon de soleil transperçant les nuages, le chant d'un oiseau. Qu'il se manifeste. Je sais qu'il est là, ailleurs, dans cet ailleurs invisible. Mais, aujourd'hui, il se cache. Depuis son poste d'observation, il scrute mes réactions. Peut-être qu'il joue. Alors je ferme les yeux et commence à lui murmurer ce que j'ai sur le cœur. De là où il est, il m'écoute. J'en ai la certitude.

Lucas. D'abord, je m'excuse d'avoir déserté le cimetière pendant de si longs mois. Voir ton emplacement, avec ton nom et tes cendres, était trop douloureux. Je crois qu'une partie de moi cherchait encore à se convaincre que tu n'étais pas mort et que j'ai momentanément rejeté tout ce qui pouvait me rappeler et me confirmer ton absence. Lucas, tu es mort. Et pourtant je te sens partout. Je te vois partout. Tu es partout. C'est d'ailleurs ce que j'ai dit à Anna qui, maintenant, lorsqu'elle voit par exemple les traînées blanches des avions dans le ciel ou une fleur sauvage dans l'herbe, croit te reconnaître. Mais à quoi sert que tu sois partout si je ne peux plus te toucher ? Si je n'ai plus la possibilité de sentir l'odeur de ta peau, les battements de ton cœur, la douceur de tes cheveux ? Tu es à la fois partout et nulle part.

Pourquoi es-tu parti, Lucas ? Je veux dire : pourquoi m'as-tu abandonnée ? Je t'en veux. Ce n'est pas facile à dire, ça peut même paraître déplacé, mais c'est la vérité. J'en veux à beaucoup de monde. Au collège. À ceux qui t'ont fait du mal. Je m'en veux à mort. De l'extérieur, j'ai l'air de me contrôler. Je me maîtrise. Pour Anna et Damien, il le faut bien. Ils souffrent déjà assez comme ça. Ils ont besoin de moi. J'ai des responsabilités, je les assume. Mais à l'intérieur, oui, ce sont des cris. En permanence, des cris, auxquels j'essaie de ne pas faire attention, en me disant qu'à la longue je finirai par ne plus les remarquer.

Je suis sûre que ta mort aurait pu être évitée si seulement tu t'étais confié à moi. Si tu m'avais dit : Maman, je n'en peux plus. Si tu m'avais laissé une chance, une dernière chance, de t'aider. De te sauver. J'étais tellement obnubilée par l'idée de te protéger des autres que je n'ai jamais pensé à te protéger de toi-même.

On ne gâche pas sa vie à cause de quatre abrutis. Cela revient à les laisser gagner. Oui, ils ont gagné. Je ne parle pas de la décision de la cour d'appel qui les a relaxés en novembre dernier. Non, je parle du fait qu'ils sont vivants et que la vie leur appartient. Que s'offre à eux la possibilité d'un avenir. Et je n'accepte pas que tu aies déclaré forfait. Ensemble, on aurait pu les battre.

Dans ta détresse infinie, tu nous as entraînés dans ta chute, Anna, Damien et moi. Même si nous faisons de notre mieux pour nous relever, pour trouver ces raisons de vivre que tu ne trouvais plus. Pourtant, tu avais des amis, des passions, tu étais soutenu, entouré d'amour. Maintenant, je sais que l'amour ne sauve pas. Et ça me rend malade. Je croyais que l'amour triomphait de tous les maux, j'avais tort. Pourtant, c'est bien ce même amour pour Anna et Damien qui me maintient en vie. C'est lui qui me pousse à donner le meilleur de moi-même pour leur offrir ce dont ils ont besoin, maintenant plus que jamais.

J'essuie mes yeux.

— Ça va ? me demande mon père.

Je hoche la tête, et nous retournons à la voiture. Pas d'amélioration météo en vue, avril ressemble toujours *autant à novembre. Pourtant, je sens que le soleil est en embuscade derrière les nuages. Je ne le vois pas mais il est là. Il attend son heure.*

Le soir, allongée dans mon lit, je repense à cette visite au cimetière. À tout ce que j'ai dit à Lucas. Ça m'a fait du bien. Admettre que je puisse lui en vouloir m'a soulagée d'un poids. Je me rends compte que, jusqu'à présent, je ne m'étais pas sentie autorisée à verbaliser ce sentiment. En vouloir à Lucas me donnait l'impression de le trahir ou d'émettre une réserve quant à l'amour que je lui porte. De l'aimer moins. Ou mal. Mais je comprends aussi que son suicide me confronte à une question : celle du pardon. Est-il possible que je réussisse un jour à pardonner à mon fils de s'être donné la mort ?

Cette question me donne le vertige.

Chapitre 2

L'inimaginable

Au plus près de l'horreur

Quand j'essaie de restituer les faits et les émotions qui se sont accumulés durant les heures et les jours qui ont suivi la mort de Lucas, je dois admettre que mes souvenirs sont assez troubles. Il s'est écoulé une semaine entre le jour où son corps a été découvert et celui de la cérémonie. Une semaine pour lui dire adieu. Une semaine durant laquelle ma famille, mes proches et moi-même aurions eu besoin de calme, ne serait-ce que pour commencer à réaliser ce qui venait d'arriver et entamer sereinement notre deuil. Ce calme indispensable nous a été volé. Après le 7 janvier, nos vies n'ont pas seulement été pulvérisées par le suicide de Lucas, elles ont été aussi bousculées et malmenées par une tempête médiatique que personne n'aurait pu anticiper. Si aujourd'hui ma mémoire me semble aussi confuse, c'est à cause de la sidération dans laquelle m'a plongée la disparition de mon fils mais aussi du trop-plein d'événements annexes qui sont venus s'y greffer. Entre le 7 et le 14 janvier, je me suis débattue dans un état de semi-conscience, je me pinçais pour savoir si ce que je vivais relevait du cauchemar ou de la réalité, débordée par des circonstances sur lesquelles je n'avais aucune prise. Entre le 7 et le 14 janvier j'ai été propulsée avec violence dans un autre monde : celui de l'après-Lucas.

La veille de son suicide, Lucas est rentré des cours avec une heure de retard. C'était devenu une habitude, il ne respectait plus les horaires. En fin de journée, il traînait avec ses amis sans nous informer de l'endroit où il se trouvait et arrivait comme une fleur à la maison. Je n'arrivais plus à lui faire comprendre que les règles établies devaient être suivies. Ce soir-là, je prenais mon service à 18 heures dans une pizzeria d'Épinal. J'ai attendu Lucas à l'appartement une quinzaine de minutes, puis j'ai filé prendre mon bus. Dans la soirée, Mathieu m'a envoyé un texto me prévenant du retour de mon fils. Apparemment, une « embrouille entre potes » l'avait retenu à la sortie du collège. Quand je suis rentrée à la maison, il était 23 h 30. Tout le monde dormait. J'ai donc remis au lendemain la discussion que j'avais prévu d'avoir avec lui.

Samedi 7 janvier, Lucas s'est levé une vingtaine de minutes avant que je ne parte au travail. Je lui ai annoncé qu'à cause de son retard de la veille il n'irait pas au hip-hop ce samedi. Privé de danse. Évidemment, il était contrarié, mais je n'ai pas cédé. Je lui ai expliqué que râler ne changerait rien, qu'il devait assumer les conséquences de ses actes et qu'on reparlerait de tout ça à tête reposée après ma matinée de boulot. On ne s'est pas quittés fâchés, loin de là. En me voyant sur le pas de la porte, Lucas m'a souhaité bon courage : « Travaille bien, maman. Je t'aime. » J'ai couru pour attraper le bus de 9 h 20. Ce sont les derniers mots que nous avons échangés.

Je ne la sentais pas, cette journée. J'avais la boule au ventre. Dans le bus, quelque chose me disait que j'aurais dû faire demi-tour. Un pressentiment.

Vers 11 h 30, mon portable a sonné. J'étais à table, avec les patrons et les employés de la pizzeria, avant le coup de feu du déjeuner. Je n'ai donc pas décroché. Dans les secondes qui ont suivi, j'ai reçu un texto de Mathieu : « Urgent, réponds. Lucas a fait une tentative. » Et j'ai hurlé.

Ma patronne m'a embarquée dans sa voiture, et nous avons foncé à Golbey. Les camions des pompiers et du SAMU étaient garés devant l'immeuble. Des badauds s'amassaient en grappes de-ci, de-là. Je me suis engouffrée dans le bâtiment. Notre appartement était au rez-de-chaussée, au fond du couloir, porte de droite. À l'intérieur, des policiers, des pompiers. Je me suis dirigée vers la chambre de Lucas. Je voulais le voir. La commissaire me l'a interdit. Je n'ai pas bien compris pourquoi. Des hommes m'ont retenue par les bras. J'étais comme folle, prête à tout casser. Je voulais le voir, personne ne m'en empêcherait. Je me suis débattue, j'ai rué. Enragée. Blessée. Face à ma violence, la commissaire a cédé, en m'interdisant toutefois de le toucher. On m'a conduite devant la chambre de Lucas dont on a entrouvert la porte. Par l'embrasure, j'ai vu mon fils allongé sur le lino gris, au milieu du désordre. Je n'y croyais pas. C'était un canular, une caméra cachée, un coup tordu des services sociaux qui voulaient savoir si je m'occupais bien de mon fils. Mon corps était aimanté à celui de Lucas. Il fallait que je le touche. Que je le réveille. J'ai essayé de forcer le passage, en vain. La porte s'est refermée. La douleur me déchirait la tête, le ventre. J'étais atomisée.

Plus tard, j'ai appris que c'était Anna qui avait trouvé le corps de son frère pendu aux barreaux de son lit superposé. Comment fera-t-elle pour vivre avec cette image ? Et comment Damien, à peine sorti de l'adolescence, pourra-t-il embrasser sa vie d'adulte avec cette souffrance mêlée d'injustice ?

Mathieu, Damien, Anna et moi avons tous les quatre été pris en charge par les urgences. En arrivant dans la salle de consultation, j'étais persuadée que Lucas allait nous rejoindre. Je le réclamais. C'est seulement en voyant les visages décomposés d'Anna, Damien et Mathieu que, dans un éclair de lucidité, j'ai compris. J'ai hurlé et cogné de plus belle.

On m'a ensuite transférée en unité psychiatrique, à Ravenel, pour m'administrer des calmants, dans l'éventualité d'une hospitalisation. Finalement, j'ai quitté l'hôpital le soir même. Une amie avait accepté de nous accueillir chez elle. Nous avions tous besoin de repos. Mais, dès l'instant où je m'assoupissais, j'étais assaillie par des images du corps de Lucas et je me réveillais en poussant des hurlements. S'endormir, c'était revivre l'horreur. Depuis le 7 janvier, quand le jour décline et que vient l'heure de se coucher, je redoute que la nuit ne me mette à nouveau au supplice.

Le lendemain matin, nous avons été auditionnés au commissariat. On nous a expliqué que c'était la procédure. Dans les cas de suicides, la police interroge systématiquement l'entourage. J'ai répondu aux questions mécaniquement. Comme un robot. Quand on m'a demandé ce qui selon moi pouvait expliquer le geste de Lucas, j'ai aussitôt parlé du harcèlement qu'il me disait vivre au collège. Le procureur de la République d'Épinal a alors décidé l'ouverture d'une enquête pour harcèlement sur mineur de moins de quinze ans. L'objectif de celle-ci était de vérifier le lien de causalité entre le suicide de mon fils et la persécution qu'il avait endurée.

Il a bien fallu retourner à la maison. Je ne sais plus exactement à quel moment ça s'est fait. Peut-être le surlendemain du suicide. Avant mon arrivée, mon père et Mathieu ont tout nettoyé et changé la disposition des meubles de la chambre que Lucas partageait avec Damien. Tant bien que mal, ils ont essayé d'effacer les traces matérielles de ce qui s'était passé. En franchissant le seuil de l'appartement, une crise d'angoisse m'a terrassée. Mon cœur battait à mille à l'heure, je suffoquais. Ma sœur, qui m'accompagnait, m'a fait couler un bain en pensant que cela me calmerait. Allongée dans l'eau brûlante, je ne parvenais pas à penser à autre chose qu'au corps sans vie de Lucas qui, quelques jours plus tôt, gisait dans la pièce attenante. Après mon bain, enroulée dans une serviette, j'ai ouvert la fenêtre du salon et je me suis postée là. L'air glacé du dehors a envahi la pièce. Je ne sentais rien. J'étais anesthésiée. Bleue de chagrin.

Le 9 janvier, ma sœur a lancé une cagnotte Leetchi pour les obsèques de son neveu. Dans le texte mis en ligne, elle a évoqué l'homophobie qu'il subissait au collège depuis un an. Personne ne pouvait imaginer que cette démarche engendrerait un tel raz-de-marée :

du jour au lendemain, nous avons été la proie des journalistes. Ils ont commencé par me contacter sur Facebook. J'étais au fond du trou, certainement pas en état de répondre à leurs sollicitations. Certains ont réussi à se procurer mon adresse, faisaient le pied de grue devant chez nous, allant jusqu'à me suivre lorsque j'emmenais Anna à l'école. Mon fils venait de mourir, ma famille était anéantie, et ces gens s'obstinaient à faire irruption dans notre vie privée, sans aucun respect pour nous. Nous nous sentions traqués. Je ne comprenais pas ce qui nous arrivait. J'étais vulnérable. Démunie. Je ne savais pas comment j'allais réussir à protéger mes proches de ces rapaces. Une journaliste de RMC me harcelait littéralement et menaçait de débarquer à Golbey pour m'interviewer.

Mercredi 11 janvier, une amie m'est venue en aide. Elle a débarqué au cabinet de son avocate, Me Catherine Faivre, pour lui faire part de ma situation. Maître Faivre a aussitôt décroché son téléphone alors qu'elle ne m'avait jamais rencontrée. Elle a averti la journaliste de RMC que, si elle cherchait encore à me contacter, nous déposerions plainte pour harcèlement contre elle. Sa stratégie de dissuasion se révéla efficace. Le lendemain ou le surlendemain, j'ai fait la connaissance de celle qui deviendrait mon avocate, mais aussi mon amie et l'un de mes soutiens les plus fermes. Sa priorité a été d'obtenir notre mise sous protection afin de tenir la presse à distance, ainsi que de sécuriser les obsèques qui avaient lieu trois jours plus tard. Nous ne voulions ni journaliste ni photographe. Le dernier hommage que nous allions rendre à Lucas se déroulerait dans la plus stricte intimité, c'était notre plus grande préoccupation.

Mercredi 11 janvier, toujours, le corps de Lucas a été transféré à la chambre funéraire d'Épinal. Je suis allée le voir le jour même. Laetitia, Roxane et d'autres proches m'accompagnaient. Ils m'ont aidée à entrer dans la salle où était exposé mon fils. Quand je l'ai vu dans son cercueil, j'ai failli m'évanouir, mais ils m'ont retenue. Cette vision était insoutenable. J'ai fermé les yeux. Je voulais qu'on éteigne la lumière et chasser à jamais cette image de ma mémoire. Finalement, j'ai pu m'approcher de lui. Le regarder. Il avait l'air endormi. Juste endormi. L'illusion était douloureuse. D'un côté, j'avais l'impression que Lucas allait se réveiller. De l'autre, je savais qu'il ne se réveillerait pas. J'étais ballottée entre ces deux idées contradictoires. Jusqu'à la fin, j'ai eu le secret espoir qu'il se réveille. Lorsqu'une de mes amies a pris ma main et l'a guidée jusqu'à la joue de Lucas, je me suis dit qu'il était froid et que ce n'était pas normal. J'ai réclamé qu'on lui apporte une couverture. Le déni était surpuissant. Ce premier contact a été furtif. J'avais peur. Peur de quoi, je ne sais pas. De toucher la mort ? D'obtenir la confirmation de ce que je savais déjà ? Au fur et à mesure, j'ai apprivoisé mes réticences et je suis parvenue à poser ma main sur la sienne et même à déposer, du bout des lèvres, un baiser sur son front. Je voulais qu'il se sente aimé. Choyé. Qu'il sache que je ne l'abandonnais pas. Je lui ai écrit des petits mots que j'ai glissés sous ses draps, dans le cercueil. Je voulais qu'il emporte avec lui une preuve tangible de mon amour : une déclaration manuscrite.

Il partait vêtu de ses habits préférés : son T-shirt et son sweat Naruto, son jean slim bleu marine, usé au niveau des genoux tant il l'avait mis, et aux pieds, ses Converse noires à cœurs qui lui avaient valu tant de moqueries au collège.

Le lendemain, jeudi 12 janvier, le ministre de l'Éducation nationale nous a publiquement exprimé son soutien et a promis l'ouverture d'une enquête administrative sur le collège. Dans la foulée, le cabinet du président de la République a cherché à me joindre et Emmanuel Macron a obtenu que l'on soit placés sous protection policière, protection qui durerait plusieurs semaines. Plus tard, le 18 janvier, lors d'une prise de parole au Sénat, Pap Ndiaye s'exprima d'une voix étranglée par l'émotion en répondant à la sénatrice qui l'interpellait sur le suicide de Lucas. D'autres ministres, dont Marlène Schiappa, Clément Beaune et Franck Riester, ont également fait part de leur consternation. Le suicide de Lucas était en train de prendre une dimension politique inattendue.

Ce n'était pourtant pas la première fois qu'un adolescent se donnait la mort après avoir été harcelé. Un certain nombre d'affaires similaires avaient déjà été relayées par les médias. Quatre noms me viennent à l'esprit : celui de Marion Fraisse, treize ans, en 2013 à Vaugrigneuse dans l'Essonne ; d'Evaëlle, onze ans, à Herblay dans le Val-d'Oise en 2019 ; de Chanel, douze ans, à Frévent dans le Pas-de-Calais en 2021 ; de Dinah, quatorze ans, en 2022, à Kingersheim dans le Haut-Rhin. Quatre noms rejoints désormais par celui de Lucas et auxquels s'ajouteraient, quatre mois plus tard, ceux de Lindsay[1] et de Nicolas[2]. Quelques noms médiatisés et tant d'anonymes dont le calvaire n'avait pas suffi pour que nos dirigeants s'emparent

1. Le 12 mai 2023, Lindsay, treize ans, s'est donné la mort en son domicile de Vendin-le-Vieil (Pas-de-Calais).

2. Le 5 septembre 2023, Nicolas, quinze ans, s'est donné la mort dans sa chambre à Poissy (Yvelines).

sérieusement du sujet du harcèlement scolaire. Dont la mort n'avait servi à rien, sinon à mettre en valeur les « officiels » qui prenaient la parole pour s'émouvoir de ces tragédies devant les caméras. Car, malgré les drames qui se répètent, aucune mesure concrète pour protéger nos enfants de ce fléau mortel, ou si peu. Des noms que la classe politique et nos institutions avaient lamentablement oubliés. Celui de Lucas, sur cette liste de victimes ignorées et invisibilisées, était le nom de trop.

Samedi 14 janvier a eu lieu la cérémonie en mémoire de Lucas. Nous étions une cinquantaine à nous recueillir autour du corps. Pour la mise en bière, seuls les proches étaient autorisés à rester, nous avons fait sortir les autres. Une fois le cercueil scellé, je me suis pour ainsi dire jetée dessus. J'essayais de l'étreindre. De le retenir. Les invités sont revenus et ont pris place autour du cercueil. Une photo agrandie de Lucas était posée sur une sorte de pupitre. On a lancé deux diaporamas de photos que ma sœur, Laetitia et Roxanne avaient créés pour l'occasion. Les premiers accords au piano de *Someone Like You* se sont élevés autour de nous. Portée par la voix de la chanteuse Adele, la vie en images de mon fils a défilé sur l'écran de télévision installé au fond de la salle. Le temps était suspendu. J'aurais voulu que la chanson dure encore et encore. Je savais que la fin de la musique marquerait celle de la cérémonie et qu'il me faudrait laisser partir mon fils – je ne pouvais m'y résoudre. Lorsque les employés des pompes funèbres ont voulu saisir les poignées du cercueil, je leur ai barré le passage. On a dû me faire sortir. Quand le cercueil a quitté mon champ de vision, j'ai eu l'impression qu'on venait de m'arracher le cœur.

Par un malheureux concours de circonstances, la crémation a été reportée au 23 janvier. Le crématorium rencontrait apparemment des problèmes techniques. Durant les dix jours qui ont suivi, j'imaginais mon fils, enfermé dans une boîte, elle-même entreposée dans une chambre froide. Mon fils frigorifié, mon fils manquant d'air. Dix jours d'insomnie. Le jour de la crémation, je n'ai pas pu assister au départ du cercueil. Rejouer une scène où j'avais cru mourir de douleur était trop dur. J'avais « tout donné » la première fois et je n'avais plus de ressources.

Le 30 janvier, Me Faivre a organisé une conférence de presse à son cabinet. Tous les médias, nationaux et régionaux, presse, radio et télé, étaient présents. Une première et dernière prise de parole publique afin de mettre un terme à la pression médiatique.

Anatomie d'une bataille judiciaire

Peu de temps après les obsèques, Me Faivre et moi sommes allées à la rencontre du procureur de la République d'Épinal, Frédéric Nahon. Il nous a expliqué qu'une enquête judicaire était en cours et que des insultes s'apparentant à des injures homophobes pourraient effectivement être en lien avec le suicide de Lucas. Fin janvier, M. Nahon a décidé de saisir le tribunal pour enfants d'Épinal. Les quatre harceleurs présumés de Lucas allaient donc être jugés pour « harcèlement ayant conduit au suicide ». C'était la première fois, dans l'histoire judiciaire, que des mineurs étaient poursuivis sous cette nouvelle qualification votée par le Parlement fin février 2022.

Mon avocate émettait des doutes quant à l'issue de ce procès. En effet, le dossier de l'enquête était entre les mains du procureur et Me Faivre n'y avait pas accès à ce stade. Il lui était donc impossible de savoir s'il était suffisamment solide pour conduire à la condamnation des prévenus. Par ailleurs, l'enquête administrative sur le collège promise par Pap Ndiaye n'avait pas encore abouti. Or, cette enquête aurait constitué une source d'informations précieuse pour caractériser le harcèlement. En résumé, nous étions pour ainsi dire « dépossédées » de l'affaire et dans l'incapacité de réclamer tout acte d'investigation.

L'audience de première instance pour harcèlement au tribunal pour enfants d'Épinal a eu lieu le 3 avril 2023. Ce jour-là, Me Faivre a effectué une demande de renvoi de l'affaire chez un juge d'instruction pour approfondir les investigations et obtenir les résultats de l'enquête administrative à l'encontre du collège. Dans le cas où sa requête ne serait pas acceptée, elle a demandé l'ouverture d'un supplément d'information. Tout a été rejeté. Le juge a déclaré qu'il jugerait l'affaire en l'état. C'était quitte ou double.

La désinvolture des quatre prévenus était ahurissante et n'a pas joué en leur faveur. Ça bavardait, ça rigolait. Dans leur comportement, on ne sentait pas une once d'empathie. C'était l'horreur. L'un d'eux venait manifestement de s'acheter une nouvelle paire de baskets et s'est félicité devant ses camarades qu'elles n'aient pas de « rose dessus ». Quand Me Faivre les a interrogés sur ce qu'ils avaient ressenti lors de leur retour en classe après qu'on leur a fait part du suicide du Lucas, ils n'ont rien dit. Cette absence de réaction a fait tiquer la juge. Elle s'est tournée vers l'un des prévenus et lui a dit ceci : « Quand même, cette chaise vide, dans la classe, ça n'était pas rien ? Ça a dû vous faire quelque chose ? » L'ado interrogé a haussé les épaules et déclaré qu'il s'était contenté de s'asseoir sur la chaise vide. À la place de Lucas.

Les injures homophobes et les moqueries dont Lucas était victime depuis janvier 2022 ont été étayées par de nombreux témoignages. Même après sa mort, certains des quatre prévenus et d'autres ont continué d'exprimer leur antipathie à son égard, le traitant notamment de « cassos ». Cependant, à entendre les avocats de la défense et certains éducateurs, le mot « pédé » ne relevait pas nécessairement de l'insulte et appartenait au langage courant. Sous-entendu : le mal-être de Lucas n'était pas justifié par l'attitude hostile des quatre prévenus. Mon fils avait « pris au sérieux » ce qu'il aurait dû considérer comme de la taquinerie. J'étais atterrée.

Durant l'audience, il a aussi été rappelé l'existence de certains textes écrits par Lucas dans son cahier de français où il exprimait sans détour son envie d'en finir : « À quoi bon l'existence, si on ne peut pas la vivre. J'aimerais être une cigale insouciante et mourir à la fin de l'été. Mourir, parfois je suis si mal que j'y pense. » Peu de temps avant son passage à l'acte, il avait écrit, dans ce même cahier, ce qui serait ses derniers mots : « J'ai voulu m'faire sauter la ce… »

Que s'est-il passé entre le moment où il a couché cette phrase sur le papier et le moment où il s'est pendu ? Que s'est-il passé entre le 3 janvier, date de son retour en classe, et le 7 janvier, jour de son suicide ? Que lui a-t-on dit, que lui a-t-on fait, pour qu'il mette son programme à exécution ?

Deux mois plus tard, le 5 juin, la justice a reconnu les quatre prévenus coupables de harcèlement, sans toutefois retenir le lien de causalité entre le harcèlement et le suicide. C'était une victoire que nous n'avions pas osé espérer. Une victoire parce que je n'avais jamais souhaité que les harceleurs de Lucas soient condamnés à des peines de prison. Mon objectif était de mettre fin à la banalisation dont le harcèlement scolaire fait l'objet depuis toujours. L'argument qui consiste à assimiler l'insulte à une simple « moquerie » ne doit plus faire loi. Il en va du bien-être et de la santé mentale de nos enfants. Les mots peuvent faire autant de dégâts que des coups. La décision du tribunal envoyait un signal fort à toutes les victimes de harcèlement ainsi qu'à leurs familles et augurait que ce sujet serait enfin envisagé, dans les plus hautes instances, comme une priorité.

Notre satisfaction a été de courte durée : comme Me Faivre l'avait prédit, deux des quatre adolescents reconnus coupables ont fait appel. Les deux autres ont suivi. Nous allions devoir reprendre le chemin du tribunal.

Nous comptions plus que jamais sur les conclusions de l'enquête administrative sur le collège, promise par le ministre de l'Éducation nationale. Me Faivre avait plusieurs fois sollicité le procureur pour en connaître l'avancement. Quelques jours avant l'audience en appel, nous avons appris, avec stupéfaction, que cette enquête n'avait jamais été ouverte.

2 octobre 2023 : direction la cour d'appel de Nancy. La façade majestueuse du bâtiment, les boiseries cirées de la salle d'audience, les juges et magistrats en robe noire avec revers de fourrure qui siégeaient derrière leurs pupitres surélevés – tout ce décorum avait de quoi intimider. J'étais plus tendue que jamais.

L'angle d'attaque des avocats de la défense était clair : le dossier sur lequel s'appuyait la décision du tribunal pour enfants était vide. Certes, des insultes homophobes avaient été formulées, mais il n'existait aucune preuve attestant qu'elles avaient contribué à la dégradation de l'état de santé de Lucas : pas de certificat médical, pas de bilan psychologique. Rien. Or, comme me l'avait expliqué Me Faivre, l'« altération de l'état de santé » est un critère déterminant dans la définition juridique du harcèlement.

La défense a exploité chaque piste qui permettait de jeter le trouble sur la réalité et l'ampleur du harcèlement – comment expliquer, par exemple, que Lucas n'ait pas évoqué le sujet avec l'assistante sociale qui s'était entretenue avec lui en décembre ? La stratégie a également consisté à jeter le discrédit sur mon éducation et sur l'équilibre de notre cellule familiale – Lucas était-il aussi heureux à la maison que je le prétendais ? N'avait-il pas confié à une amie, la veille de son suicide, qu'il faudrait qu'elle s'inquiète si elle constatait qu'il avait des bleus à son retour au collège, le lundi matin ? Se pouvait-il que Lucas ait été victime de maltraitance physique ? Lucas et son beau-père n'étaient-ils pas en froid ? Et que dire de son père biologique qui refusait tout contact avec lui ? Sans parler de l'agression sexuelle qu'il avait subie quand il avait sept ans ! Finalement, l'abandon d'un père et les séquelles d'une agression sexuelle ne pouvaient-ils pas davantage justifier son mal-être que quelques chamailleries de collégiens ? La fragilité psychologique de Lucas n'était-elle pas antérieure à sa fréquentation du collège ? Le sachant si fragile, sa mère n'aurait-elle pas dû se montrer moins stricte et plus compréhensive ? Après tout, c'était bien elle qui avait interdit à son fils d'aller à son cours de danse ! La punition n'était-elle pas exagérée ? Sa mère était-elle suffisamment à l'écoute ?

À mesure que la défense déroulait ses arguments, j'avais le sentiment que les rôles s'inversaient et que c'était moi qui me trouvais sur le banc des accusés. Ce réquisitoire et ces insinuations faisaient remonter à la surface des souvenirs particulièrement durs.

À sept ans, Lucas avait bien été victime d'une agression sexuelle. C'était l'été, nous étions en vacances avec une amie et ses enfants dans un camping en Bourgogne. Quand nous sommes rentrés à Celles-sur-Plaine, Lucas m'a confié que le fils aîné de cette amie, un préado de douze ou treize ans, lui avait montré son sexe et demandé de le mettre dans sa bouche. Évidemment, j'étais horrifiée. En colère aussi. Abusée dans mon enfance (des faits sur lesquels je ne m'étendrai pas ici), je ne connais que trop bien ce que ressent un enfant lorsque sa parole n'est pas écoutée. J'avais trop souffert de l'inertie des adultes pour ne pas prendre la situation au sérieux. J'ai donc aussitôt contacté mon amie et demandé que nous nous réunissions pour tirer les choses au clair. Elle a refusé et prétendu que mon fils mentait. À défaut de pouvoir régler cette histoire entre nous, j'ai déposé plainte au commissariat. Durant le semblant d'enquête qui a été mené, Lucas a été suivi par un psychologue. L'affaire a été classée sans suite. Mon fils n'a jamais été reconnu officiellement comme victime et je le regrette. Si justice lui avait été rendue à ce moment-là, Lucas serait-il encore parmi nous aujourd'hui ?

Quant à l'absence de son père... Vaste et douloureux sujet. Lucas avait six mois quand il nous a quittés. Un après-midi, il est parti acheter des cigarettes et n'est jamais revenu. Il a disparu sans prévenir. Il nous a effacés. Moi, j'ai pu tourner la page, mais pour les garçons, et surtout pour Lucas, ce n'était pas aussi simple. Il est arrivé que son géniteur réapparaisse dans nos vies et qu'il manifeste alors un intérêt aussi inattendu qu'éphémère à l'égard de ses fils, faisant naître en eux l'espoir d'une relation complice. Cet espoir n'était jamais qu'un faux espoir.

Quand mes propres parents se sont séparés, ma mère m'interdisait de voir mon père et j'étais obligée de le rencontrer en cachette. J'ai compris plus tard qu'elle m'utilisait pour lui faire du mal, et lui en ai tenu rigueur pendant très longtemps. Par conséquent, il était inconcevable, pour moi, de faire vivre à Lucas et Damien le calvaire que j'avais enduré. Je ne voulais pas qu'ils puissent un jour me reprocher de les avoir empêchés de fréquenter cet homme pour lequel ils éprouvaient de l'affection, alors même que celui-ci était aux abonnés absents. Quand Lucas, six mois avant son suicide, m'a informée qu'il souhaitait lui écrire une lettre, je ne m'y suis pas opposée. Toutefois, je l'ai prévenu qu'il ne recevrait probablement aucune réponse et qu'il risquait d'être déçu. Et je ne me suis pas trompée. La lettre de Lucas est restée lettre morte. Si cet homme avait daigné sortir de son silence, mon fils serait-il encore de ce monde ? Je suis outrée qu'il n'ait même pas eu le courage de se rendre aux obsèques (auxquelles il était convié). Il aurait dû être là pour son fils. Parce que Lucas l'aimait en dépit de son indifférence.

Bien que l'attitude de ce père défaillant ne soit pas de mon fait et que je pense avoir tout tenté pour qu'il réalise à quel point son fils était un être d'exception, je ne pouvais m'empêcher de me sentir coupable face aux avocats de la défense. Coupable de ne pas avoir su mieux protéger mon fils. Dans cette salle, le « mauvais père » n'était pas là et j'endossais, seule, la responsabilité de tout ce qui avait pu rendre mon fils malheureux. Dans cette salle, il n'y avait qu'une « mauvaise mère ». D'ailleurs, à un moment, le père de l'un des prévenus m'a invectivée en m'accusant de gâcher la vie de son enfant : « Regarde ce qui se passe chez toi avant d'emmerder les autres ! » Les magistrats l'ont aussitôt recadré.

Avant que l'audience ne soit levée, la cour a demandé aux quatre prévenus s'ils avaient quelque chose à ajouter. J'ai cherché à capter leurs regards dans lesquels j'espérais encore déceler une lueur d'humanité. Je voulais qu'ils me regardent dans les yeux. Je m'accrochais à l'idée que l'un d'eux puisse exprimer de la compassion vis-à-vis de ce qui était arrivé à Lucas. C'est idiot, mais je crois que j'espérais des excuses. Je ne sais pas ce que ça aurait changé. Je ne le saurai sans doute jamais.

Je les ai regardés, tous les quatre, attentivement. Ces gamins étaient-ils des monstres d'indifférence et de cruauté ? J'étais forcée de reconnaître qu'ils n'en avaient pas le visage. Ils avaient le visage de n'importe quels adolescents, celui de l'innocence, d'une certaine impertinence également. Le visage de la jeunesse – le visage de mon fils. Ces quatre adolescents auraient-ils pu, eux aussi, à un moment donné, devenir l'objet de « moqueries », d'injures – de harcèlement ? Physiquement, rien ne distingue vraiment le « harceleur » du « harcelé ». Le harceleur n'a pas de visage. Alors, comment l'identifier ? Comment le débusquer ? Plus je les regardais, plus l'idée troublante qu'ils auraient pu être à la place de Lucas faisait son chemin en moi. Ce qui était arrivé à mon fils aurait pu aussi leur arriver. Personne n'est à l'abri de la méchanceté, personne n'est à l'abri de la souffrance. S'en rendaient-ils compte ? De la même façon, le mal est à la portée de tous : chacun de nous est susceptible de blesser l'autre, plus ou moins délibérément. En les observant, je sentais à quel point la frontière entre le bien et le mal était mince, à quel point il est facile de basculer du mauvais côté, sans même s'en apercevoir.

À la question du juge, les quatre prévenus se sont contentés de secouer la tête. Rien à ajouter.

Le 6 novembre, la cour d'appel de Nancy a relaxé les quatre adolescents condamnés en première instance. Gabriel Attal, alors ministre de l'Éducation nationale et de la jeunesse, m'a appelée pour me dire qu'il était navré de cette décision. Maître Faivre a immédiatement déposé un pourvoi en cassation à l'encontre de l'arrêt de la cour d'appel – notre dernier recours. Les faits de harcèlement ne seraient pas jugés une troisième fois. Le travail de la cour de cassation serait de vérifier que les magistrats avaient correctement appliqué le droit. Si la cour acceptait la recevabilité de notre pourvoi et cassait la décision d'appel, alors, notre affaire pourrait être renvoyée devant une nouvelle cour d'appel.

J'étais ravagée par l'amertume. Certes la justice avait tranché, mais j'avais l'impression qu'elle ne l'avait pas fait en connaissance de cause. D'après Mediapart, l'enquête judiciaire ouverte par le procureur d'Épinal aurait été « bâclée ». Dans un article daté du 10 décembre 2023, David Perrotin s'étonne que si peu de témoins aient été entendus par les enquêteurs : « Très peu de personnes ont été interrogées dans le cadre de l'enquête judiciaire. En plus des amis du jeune adolescent, seuls la CPE de l'établissement, trois professeurs et trois camarades de classe de Lucas (sur un total de vingt-cinq élèves) ont été auditionnés par la police. Des élèves ont évoqué des faits de harcèlement en cours d'histoire-géographie ou d'espagnol, mais les enseignants concernés n'ont jamais été entendus, pas plus que le principal du collège[1]. » C'est précisément ce qu'avait dénoncé mon avocate pour justifier sa demande de renvoi en instruction, ou au moins de supplément d'information, le jour de la première audience, en avril.

Plus grave encore, à mes yeux : qu'était-il advenu de l'enquête sur le collège promise publiquement par Pap Ndiaye ? Pour quelles raisons avait-elle été jetée aux oubliettes ? L'émotion exprimée par plusieurs membres du gouvernement était-elle feinte ? Je le répète : cette enquête aurait pu nous apporter des preuves tangibles du harcèlement dont Lucas disait être victime, mais elle nous aurait aussi éclairés sur les mesures prises par l'établissement pour le protéger. Dans le cas de Lucas, il semblerait à nouveau que ces

1. https://www.mediapart.fr/journal/france/101223/suicide-de-lucas-13-ans-revelations-sur-une-enquete-totalement-baclee

mesures aient été légères, voire inexistantes. Lorsqu'en octobre 2022, j'ai informé la CPE du collège de l'enfer que vivait Lucas au quotidien, aucun des élèves impliqués n'a été sanctionné. Pas une heure de colle. Rien. Enfin, personne n'a jugé judicieux d'orienter Lucas vers l'infirmière scolaire, la psychologue, ou l'assistance sociale de l'établissement.

Comble de l'ironie : depuis la rentrée 2022, le collège est engagé dans le programme national pHARe, un plan de prévention du harcèlement dans les écoles et les collèges ! L'un des piliers de ce dispositif est de « former une communauté protectrice de professionnels et de personnels pour les élèves ». Autrement dit, des personnes « ressources » sont censées suivre une formation de huit journées sur deux ans, destinée à les aider à repérer et prendre en charge les élèves harcelés. De plus, tous les élèves bénéficient théoriquement de dix heures annuelles d'information sur les conséquences du harcèlement et sa prévention. Il est également prévu d'organiser des « ateliers de sensibilisation à l'intention des familles » et de former des « élèves ambassadeurs ». De bien belles promesses dont personne n'a manifestement jamais vu la couleur dans ce collège…

Obtenir l'ouverture d'une enquête administrative est devenu mon obsession. Non seulement pour Lucas, mais aussi pour tous les élèves qui, comme lui, expriment une souffrance possiblement liée à du harcèlement scolaire et ne sont pas soutenus au sein de leur établissement. Le collège devait, une bonne fois pour toutes, être mis face à ses responsabilités, j'envisageais cela comme une forme de réparation morale. Cela ne ferait pas revenir Lucas, mais cela servirait d'exemple à l'échelle nationale et permettrait peut-être l'application effective de mesures déjà en vigueur pour lutter contre le harcèlement – ce combat qui désormais serait le mien.

Épinal, 5 août 2024

Devant moi, les barres d'immeubles du quartier du Haut-du-Gras à Golbey, comme des constructions en Lego posées au milieu de parkings à moitié vides. C'est là qu'habite une amie à qui je rends régulièrement visite. Là que nous vivions, nous aussi, avant le suicide de Lucas. La chaleur est écrasante. Depuis quelques jours, la canicule sévit dans les Vosges. Nous sommes au début du mois d'août. Du banc de l'abribus, je regarde le goudron fumer sous le soleil. On dirait qu'il est en train de fondre, comme moi, qui sue à grosses gouttes. J'attends la ligne 6 en direction de Golbey-Hôtel-de-Ville. Le centre Leclerc n'est qu'à six arrêts de la station Lierre.

J'ai prévu d'y faire quelques courses avant de rentrer à Épinal. Ce trajet implique que je passe devant l'ancien collège de Lucas.

Depuis sa mort, le simple fait de penser à l'établissement scolaire me met dans tous mes états. Quand j'entends, dans le bus, la voix enregistrée qui annonce les différents arrêts prononcer le nom du collège, je me crispe aussitôt et ferme les yeux pour ne pas le voir. Le bus fait halte, repart. Et ça passe.

Revenir à Golbey est toujours une épreuve. D'abord, j'appréhende d'y croiser ceux que je considère comme les harceleurs de mon fils ou leurs parents et d'être prise à partie. Mais, à bien y réfléchir, c'est surtout de moi que j'ai peur : face à eux, je ne sais pas si je serais capable de maîtriser mes émotions. De maîtriser ma colère. J'ai peur d'exploser et de tout détruire autour de moi, comme un volcan qui entrerait en éruption et dont la lave rayerait de la carte tout ce qui aurait le malheur de se trouver dans son périmètre. J'ai peur de dire ou de faire des choses que je regretterais par la suite.

La colère est un monstre qui bouillonne à l'intérieur de soi. Un monstre qui secoue les barreaux de la cage où vous l'avez enfermé et qui cherche à s'enfuir par tous les moyens. Si le monstre échappe à votre vigilance et que vous le laissez se promener en liberté, alors les dégâts peuvent être irréparables. C'est pourquoi j'évite de me rendre devant le collège. Cet endroit incarne pour moi la souffrance de mon fils, mais également l'incompétence d'une administration qui n'a rien fait, ou en tout cas pas assez, pour l'aider. Face à ce lieu, j'ai peur que le monstre prenne le dessus. Pourtant, je comprends, je sais qu'il me faudra tôt ou tard l'affronter.

Je m'efforce d'affronter mes peurs depuis le 7 janvier 2023. La seule ligne de conduite qui, à terme (en tout cas je le crois) me permettra de m'en sortir.

Le bus approche. Je me lève et, tandis que le véhicule me dépasse en ralentissant, je jette un rapide coup d'œil à travers les vitres, histoire de vérifier qu'aucun « indésirable » ne s'y trouve. La voie est libre. Je monte, avance vers le milieu du bus climatisé. Mon corps cesse de se liquéfier. La fraîcheur me fait du bien. Le conducteur démarre.

La semaine dernière, c'était l'anniversaire de Lucas. Il aurait fêté ses quinze ans. Cette date, le 31 juillet, je l'ai vue se rapprocher de moi avec angoisse, comme une vague que l'on voit grossir au loin en se demandant si elle ne va pas nous engloutir, nous noyer. La vague a déferlé, mon corps a été projeté en avant, traîné sur plusieurs mètres ; j'ai retenu mon souffle et, quand j'ai enfin pu sortir la tête de l'eau, j'ai réalisé que j'étais vivante.

Ce jour-là, je suis allée le voir au cimetière avec mon père. Le temps était lourd, le fond de l'air chaud et humide. Pas un souffle de vent. On sentait, à cette moiteur, qu'un orage couvait derrière les nuages d'un blanc laiteux. J'ai pleuré devant la plaque de Lucas et, entre deux hoquets, je lui ai fait une promesse : celle de me rendre devant le collège. Une brise fraîche m'a alors caressé la nuque. Maintenant que je m'étais engagée auprès de lui, il me fallait tenir parole. Et, tandis que le bus cahote dans les rues bordées d'immeubles gris tristement identiques, je me dis que, peut-être, ça pourrait être aujourd'hui – je me dis que cette visite à mon amie et ces courses chez Leclerc n'étaient en réalité qu'un prétexte pour affronter ma peur, ma colère, mon monstre.

« Prochain arrêt… » J'hésite un instant. Vais-je appuyer sur le bouton rouge et demander l'arrêt ? Avant même que je m'en rende vraiment compte, je suis sur le trottoir, devant les cours de tennis, le collège en ligne de mire. J'y suis. Paralysée. La sueur perle sur mon front, glisse le long de mon visage et goutte sur l'asphalte surchauffé. Mon cœur cogne à tout rompre contre ma poitrine. Je halète. J'ai des flashs. Je revois Lucas dans son cercueil, sa peau froide et pâle, ses yeux qui ne s'ouvriront plus ; je l'imagine, dans les couloirs de cet établissement, en train de raser les murs sous les insultes ; je visualise la noirceur qui imprègne son esprit, qui se propage ; je ressens la puissance destructrice des idées noires qui prennent possession de lui. Je tremble. J'ai envie de crier

mais je n'en ai même pas la force. J'ai l'impression que je vais mourir sur place. C'est alors qu'un courant d'air m'effleure la joue – Lucas. Il faut que je me reprenne. Je ne veux pas qu'il me voie dans cet état pitoyable. Je veux qu'il soit fier de moi.

Je longe le trottoir, traverse la rue et me retrouve devant le portail du collège. Le bâtiment est en retrait, au bout d'une allée arborée. On dirait qu'il se cache. Les questions habituelles, celles qui me taraudent depuis un an et demi déferlent en moi : « Pourquoi le collège n'a-t-il rien fait pour aider Lucas ? Pourquoi mes signalements n'ont-ils pas été pris au sérieux ? Pourquoi les parents des harceleurs présumés n'ont-ils pas été convoqués par l'établissement ? Pourquoi, pourquoi, pourquoi… » La colère s'éveille, je la sens qui bâille en s'étirant comme au saut du lit, prête à montrer les dents, à rugir. Prête à charger.

Ma colère est un monstre très ancien. Elle est en moi depuis si longtemps que j'ai parfois le sentiment que nous sommes nées ensemble, elle et moi. D'aussi loin que je me souvienne, elle vit en moi. Je n'ai pas eu une enfance facile. Mon enfance ressemble, à bien des égards, à tout ce que l'on souhaite éviter à ses propres enfants. Abus. Maltraitance. Humiliation. Ma vie de jeune adulte a été jalonnée de déceptions, de trahisons. J'ai souvent croisé la route d'hommes démissionnaires, inconstants, irresponsables. Toutes ces déconvenues ont nourri ma colère, comme elles auraient pu nourrir une bête. Le monstre a grossi. Pourtant, j'ai toujours réussi à voir le bon côté, à me concentrer sur le positif, à traquer la lumière plutôt que de me complaire dans l'ombre. Toute ma vie, je me suis efforcée de ne pas laisser triompher la colère. Et honnêtement, avant que Lucas ne se suicide, je croyais avoir réussi à mater le monstre. À l'endormir. Je me croyais plus forte que lui. Quand Lucas est mort, non seulement le monstre s'est réveillé, mais il a pris du poids. Il est devenu énorme. Il se bâfre de mon désespoir et il en redemande. Il n'espère qu'une chose : me faire basculer dans l'obscurité.

Intérieurement, je bous. J'ai envie d'escalader le portail du collège et d'y foutre le feu. De défoncer les murs, de casser les vitres, de taguer les murs de « Justice pour Lucas » écrits en lettres capitales et sanguinolentes. Qu'y a-t-il de plus ravageur, dangereux et destructeur que la colère d'une mère ?

Je recule. C'est trop. C'est assez pour aujourd'hui. Je ne veux pas être cette femme-là. L'incendiaire, l'enragée. La folle. J'entends, derrière moi, le bus qui arrive en sens inverse. Je tourne les talons, fonce à sa rencontre et y pénètre de justesse. Mes courses attendront. Une vingtaine de minutes plus tard, de retour à l'appartement, je me débarrasse de mes vêtements trempés de transpiration, et me jette sous une douche froide. L'eau m'apaise.

Je l'ai fait. J'y suis allée. Voir le collège était une manière de convoquer ma colère en duel. De cet affrontement, je ne suis pas sortie gagnante. Mais je n'ai pas perdu non plus. Il n'y a pas de vainqueur pour le moment. J'y retournerai.

Jusqu'à ce que je puisse regarder le collège sans broncher. Jusqu'à ce que ma colère soit froide.

La colère ne disparaîtra pas. Elle sera toujours en moi. Mais je ne veux pas qu'elle me domine. Je sens, je sais que je peux en faire une alliée, que la colère peut aussi être un moteur phénoménal. Car là où il y a de la colère, il y a aussi de la vie.

Chapitre 3

Mon combat

La marche blanche

La marche blanche organisée dans le centre d'Épinal dimanche 5 février 2023 a été cruciale. Jamais je n'aurais pensé qu'elle puisse réunir autant de monde – près de six cents personnes, d'après les forces de police ! Nous nous étions donné rendez-vous en face de la préfecture des Vosges, place Foch. Mes proches et moi étions en tête du cortège. Je tenais dans mes mains un grand panneau de toile sur lequel nous avions collé des photos de Lucas. Le ciel gris crachotait une pluie fine, les trottoirs miroitaient. Nous avons traversé les deux bras de la

Moselle et bifurqué sur le quai des Bons-Enfants, et plus nous avancions, plus la foule grossissait derrière nous. Je ne m'en suis pas tout de suite rendu compte tant les gens qui nous rejoignaient étaient calmes. La puissance qui émane d'une foule silencieuse est assez difficile à décrire. Souvent la foule est bruyante, agitée, elle crie des slogans. Elle est menaçante, intimidante. Alors, que raconte le silence d'une foule ? Cet après-midi-là, elle racontait quelque chose que les mots ne pouvaient exprimer : une douleur collective incommensurable. Dans les rues d'Épinal, dimanche 5 février, la foule ne m'écrasait pas, au contraire, elle me portait : elle était comme un courant qui se formait dans mon dos et me poussait vers l'avant. Moi qui avais tant redouté que la marche soit perturbée par l'hostilité de certains, je n'en revenais pas !

Notre itinéraire décrivait une boucle. Combien de temps avons-nous marché ? Je ne sais plus. De retour devant la préfecture, le club de danse de Lucas a donné une représentation en son honneur. Je me souviens notamment de leur chorégraphie sur *Kid*, un titre du chanteur Eddy de Pretto. Cette chanson magnifique résonne comme un hymne à la lutte contre l'homophobie. Elle interroge sur ce que c'est que d'être un garçon, dénonce les codes d'une virilité toxique et revendique la liberté pour chacun d'être qui il a envie d'être. On devrait l'enseigner à l'école. En regardant les camarades de Lucas danser, je n'ai pas pu m'empêcher de l'imaginer parmi eux. Il était invisible, mais je voyais son reflet sur le bitume mouillé. Je devinais son ombre. Il était heureux. Danser le mettait en joie. Il était raide comme un piquet mais s'en fichait, il donnait le maximum, et son énergie était communicative, tel un sort qu'il vous jetait de loin : votre corps, comme par enchantement, se mettait lui aussi à bouger. Lucas était un magicien. Ensuite, sa marraine a pris la parole et j'ai moi aussi réussi à aligner quelques mots. J'étais très émue et extrêmement reconnaissante.

Avant que l'assemblée ne se disperse, des dizaines d'anonymes sont venus m'adresser leurs condoléances et me raconter leur histoire. Des histoires tristement semblables à celle de mon fils. J'ai réalisé à quel point les gens souffraient, à quel point ils avaient besoin d'aide. D'autres m'ont remerciée pour mon « combat ». Mon combat. Le mot me paraissait étrange. À ce stade, je n'étais engagée dans aucune cause et, bien qu'après le décès de Lucas l'éventualité de créer une association de prévention du harcèlement scolaire m'ait furtivement traversé l'esprit, je l'avais écartée. Qui étais-je pour m'emparer d'un sujet comme celui-ci ? À mes yeux, je n'étais pas légitime. Quelques semaines plus tard, sous l'impulsion décisive de Me Faivre, et confortée par l'élan de solidarité qu'avait généré la marche blanche ainsi que par les témoignages de soutien que je continuais de recevoir de la part de centaines d'inconnus, j'ai changé d'avis.

Le 13 septembre 2023, neuf mois après le suicide de Lucas, est né LUNAH (Liberté Unité Non au Harcèlement), une association qui n'aurait jamais vu le jour sans l'implication de mon avocate. Notre but est de prévenir toute forme de harcèlement scolaire en informant les élèves, de le détecter grâce à la mise en place de groupes de parole, mais aussi d'accompagner les victimes et leurs familles dans toutes leurs démarches en leur apportant un suivi personnalisé.

Il faudrait encore plusieurs mois avant que nous puissions véritablement commencer nos actions auprès d'élèves et de parents. En attendant, ma priorité était que l'enquête administrative sur le collège ait enfin lieu.

L'enquête administrative

Depuis que j'avais appris que l'enquête administrative était restée lettre morte, je sentais grandir en moi l'amertume et le ressentiment. Ayant en ma possession le numéro personnel de Gabriel Attal, j'avais plusieurs fois tenté de le contacter pour lui réclamer des explications. Mes appels avaient été ignorés. Avec sa nomination à la tête du gouvernement s'envolaient les espoirs qu'il me réponde un jour, je me disais qu'il aurait désormais bien d'autres chats à fouetter. Je ne savais plus vers qui me tourner.

Jeudi 29 février 2024, j'ai vu sur les réseaux sociaux que le Premier ministre serait en déplacement le lendemain dans les Vosges. Il prévoyait notamment une visite de l'agence France Travail d'Épinal dans la matinée. Il fallait que je trouve un moyen de l'interpeller. L'occasion ne se représenterait pas. À l'aube, les enfants et moi sommes montés dans la voiture de Laetitia qui nous a conduits sur place. À 8 heures, nous étions sur le parking de l'agence, plus déterminés que jamais à nous entretenir avec Gabriel Attal. Une partie de sa garde rapprochée était déjà sur les lieux et nous a demandé ce que nous faisions là. J'ai expliqué que j'étais venue parler au Premier ministre et que je ne partirais pas tant qu'il ne m'aurait pas reçue. Alors que je faisais les cent pas devant le bâtiment, des journalistes ont commencé à affluer et m'ont interrogée sur les raisons de ma présence. Les heures ont passé, interminables. J'étais à cran. Une personne de l'entourage de Gabriel Attal a fini par m'approcher. Elle m'a dit que, malheureusement, le

Premier ministre avait un programme très chargé, qu'il ne pourrait donc pas me recevoir et que je ferais mieux de rentrer chez moi. J'ai répété que je ne partirais pas sans l'avoir vu. Plus l'obstacle devenait infranchissable, plus j'étais résolue à triompher. J'étais prête à m'allonger au milieu du rond-point pour empêcher Gabriel Attal de quitter l'agence ! Prête à le prendre en chasse dans sa tournée vosgienne ! Il ne pourrait pas faire un pas sans me voir ! Je ne m'avouais pas vaincue. Finalement, son chargé de communication m'a annoncé que le ministre nous rencontrerait après ses rendez-vous. Nous avons été priés de remonter à bord de notre véhicule et d'attendre patiemment que quelqu'un vienne nous chercher pour nous conduire jusqu'à lui. Et nous avons attendu. Longtemps. Je me suis dit que, peut-être, le chargé de com nous avait embobinés et promis une entrevue pour se débarrasser de nous. Je ne tenais pas en place.

Le Premier ministre a fini par nous recevoir. Notre échange a duré une bonne quinzaine de minutes. À la question « Pourquoi l'enquête administrative annoncée par Pap Ndiaye n'a-t-elle pas été ouverte ? », il a un peu botté en touche. Cependant, il m'a certifié qu'il ferait tout ce qui était en son pouvoir pour que celle-ci ait lieu dans les plus brefs délais. Et il a tenu parole. Quelques jours après cette rencontre obtenue à la force du poignet, la cheffe de cabinet de Nicole Belloubet, chargée du ministère de l'Éducation nationale et de la Jeunesse, m'a contactée par téléphone. La ministre désirait s'entretenir avec moi.

Vendredi 17 mai, journée mondiale de lutte contre l'homophobie et la transphobie, le noyau dur de LUNAH a mis le cap sur la capitale. Me Faivre, Dominique Robin-Léopold, psychologue de l'association, Olivier Jorba, son secrétaire, Claire Jorba, sa chargée de communication, et moi-même nous sommes retrouvés devant le ministère, rue de Grenelle, dans le très chic 6e arrondissement. Là-bas, nous avons été rejoints par le cofondateur et porte-parole du collectif

Rouge Direct[1] et son avocat, présents à nos côtés, en soutien à notre cause. Madame la ministre a d'abord souhaité que nous nous parlions en tête à tête.

Lorsque j'ai pénétré dans son bureau, j'ai eu un choc. Jamais de ma vie je n'avais vu un tel faste. Dans cette vaste pièce, les murs semblaient littéralement ruisseler d'or et un lustre à pampilles de cristal, qui devait faire à peu près ma taille, étincelait au plafond. J'avais l'impression d'être au château de Versailles ! Ma première réaction a été de me demander ce que je faisais là, moi qui venais d'un milieu modeste et pour qui ces lieux de pouvoir paraissaient inaccessibles. Voire irréels. Ce monde de dorures et d'apparat n'était pas le mien et je m'y sentais comme une étrangère.

Dès son arrivée, la ministre a détendu l'atmosphère. Elle m'a serrée dans ses bras et nous avons discuté de longues minutes. Son humanité et sa sincérité m'ont

1. Le collectif Rouge Direct est un lanceur d'alerte contre l'homophobie dans le football et plus largement dans le sport. Depuis sa création en 2016, il épingle les dérapages homophobes, provocations, injures et incivilités dans les stades, les médias ou sur les réseaux sociaux.

frappée. Face à moi, dans ce bureau aux allures de salon royal, elle semblait avoir fait tomber le masque de raideur et de condescendance derrière lequel se cachent les représentants politiques. Après m'avoir confirmé que l'enquête administrative serait bel et bien déclenchée, elle a fait entrer Me Faivre et les autres pour leur annoncer la nouvelle. Je pleurais de joie : enfin, nous allions obtenir des réponses. C'était une victoire. En sortant du ministère, un courant d'air m'a caressé la joue – Lucas. Visiter Paris était l'un de ses nombreux rêves. J'ai regardé autour de moi, la rue aux immeubles majestueux et aux façades sculptées. Je les ai regardés comme si je les voyais à travers ses yeux, ses beaux yeux clairs.

Dans la foulée, nous avons filé au Rosa Bonheur au milieu du bois de Vincennes, où était organisée une réunion regroupant différentes associations LGBTQ, plusieurs députés (Sabrina Sebaihi d'Europe Écologie Les Verts, Ségolène Amiot et Andy Kerbrat de La

France insoumise, et Éric Martineau du Modem) ainsi que Ouissem Belgacem.

Depuis la parution de son autobiographie *Adieu ma honte* (Fayard et HarperCollins poche), cet ancien footballeur professionnel est devenu un symbole de la lutte contre l'homophobie. Il raconte notamment comment il a passé une partie de sa vie à cacher son orientation sexuelle. À mentir aux autres mais surtout à lui-même. Dans le dernier épisode de la série documentaire adaptée de son livre, il rend hommage à Lucas. La rencontre avec Ouissem a été le deuxième temps fort de cette journée parisienne. Son parcours offre un exemple puissant de courage et de résilience, et son engagement, un modèle d'inspiration. Le récit de son histoire m'a également confortée dans mon propre projet d'écriture. J'ai compris que des histoires comme les nôtres détenaient le pouvoir de faire évoluer les mentalités.

Je tiens cependant à préciser une chose : ma vision de la lutte contre le harcèlement scolaire rejoint la lutte contre *toutes* les formes de discriminations, elle ne se limite donc pas à la question des élèves LGBTQ. Certes, l'homophobie tue, Lucas en est l'exemple, mais il serait injuste et inexact de prétendre qu'elle est l'unique facteur de stigmatisation en milieu scolaire. Lutter contre le harcèlement, c'est ferrailler contre l'homophobie mais c'est aussi partir en croisade, avec la même pugnacité, contre le racisme, l'antisémitisme, la transphobie, le sexisme, la grossophobie, l'handiphobie (et j'en oublie certainement). La lutte contre le harcèlement est à la convergence de tous ces combats. Sans exception.

Libérer la parole

Notre première intervention avec LUNAH s'est tenue à Golbey, au centre social, le 23 avril 2024, devant un public constitué d'élèves du primaire. Cette tranche d'âge m'a paru très réceptive au sujet du harcèlement. Assez vite, une petite fille âgée de sept ans, Sabrina, a pris la parole pour dire qu'elle était insultée en permanence par d'autres élèves et qu'elle en souffrait. On la traitait notamment de « sale négresse » ou de « singe ». Certains des élèves en question étaient présents et ont reconnu les faits. Nous avons essayé de leur expliquer l'impact que pouvait avoir leur comportement et de les amener à réfléchir à ce qu'ils pourraient faire pour que leur camarade se sente mieux. L'un d'eux s'est levé de sa chaise, lui a présenté ses excuses et l'a enlacée. Un premier pas vers la compréhension de l'autre et de sa différence. À cet âge, il ne s'agit pas de punir mais avant tout d'expliquer. Cependant, il faut rester vigilant : chez les enfants, les « réconciliations » peuvent être de courte durée et, même si des excuses ont été présentées, le problème n'est pas forcément réglé.

Un mois plus tard, j'ai rencontré les parents de Sabrina afin de savoir comment la situation avait évolué. Leur fille ne leur avait jamais fait part de ce qu'elle vivait à l'école. D'après elle, on ne l'embêtait plus autant qu'avant. Ensemble, nous avons essayé de quantifier le nombre de fois où elle se faisait insulter en une journée. Environ deux fois par jour, m'a-t-elle dit. Imaginez un peu : si vous multipliez ce chiffre par 182, soit le nombre de jours que comporte une année scolaire, vous totalisez au minimum 364 insultes par an ! Réalisez la violence !

« Sale négresse ». Sale. Cet adjectif ne veut pas dire autre chose que le dégoût. Le dégoût pur et simple. « Sale négresse ». « Sale pédé ». « Sale trans ». « Sale grosse ». « Sale Juif ». « Sale Arabe ». Quand, à longueur de journée, vous entendez quelqu'un vous répéter que vous êtes « sale », n'arrive-t-il pas un moment où vous finissez par le croire ? Un moment où le dégoût exprimé par l'autre déteint sur vous ? Un moment où l'insulte réussit à vous retourner le cerveau ? Ce que produit l'insulte chez celui qui la subit porte un nom : la haine de soi.

J'ai essayé de faire comprendre à Sabrina que toute insulte était toujours une insulte de trop. Il n'existe pas de seuil au-dessous duquel une insulte raciste, homophobe, sexiste, transphobe, etc. deviendrait « supportable » ou « acceptable ». Dans le cas de Sabrina, la marche à suivre était simple : la première étape était d'aller en parler à son institutrice. À défaut d'amélioration, il faudrait prendre rendez-vous chez la directrice de l'établissement et, en dernier recours, effectuer un dépôt de plainte. Parallèlement, j'ai orienté ses parents vers un centre médico-psychologique pour que Sabrina bénéficie d'un suivi régulier et d'un cadre neutre et bienveillant au sein duquel sa parole puisse se déployer en toute confiance.

Sa mère, qui avait elle aussi subi du harcèlement quand elle était enfant, était particulièrement impliquée dans la guérison de sa fille. Dans les mois qui ont suivi, nous avons eu plusieurs entretiens au cours desquels les parents de Sabrina nous parlaient de ce qui se passait à la maison, de tout ce que leur fille extériorisait dans le cocon familial : ils relevaient de la violence verbale, une certaine léthargie, une sorte de crise d'adolescence avant l'heure. Puis, Sabrina a été invitée à raconter chaque journée sur un petit carnet, comme un bilan quotidien, afin de noter l'évolution de la situation et de prendre du recul. Elle pratiquait aussi l'exercice du miroir : chaque matin, elle répétait devant sa glace « Je suis belle, je suis forte, et je vais y arriver ». Ces exercices ont renforcé son estime de soi, et ses parents ont observé un réel changement d'attitude au cours des mois. Leur fille est désormais plus déterminée, plus courageuse, et se laisse moins intimider par ses camarades. Je reçois toujours des nouvelles de Sabrina, et je suis éblouie de constater à quel point elle a repris confiance en elle. Ce type d'exemple nous motive à poursuivre nos efforts pour aider les enfants harcelés.

Une relation de confiance peut mettre des années à se construire mais une seconde suffit à la démolir sans même que l'on s'en aperçoive. C'est pourquoi il faut la consolider par l'écoute, le dialogue. La consolider sans relâche. Ce n'est pas facile, et parfois, en dépit des efforts qu'on mobilise, on échoue. Et j'en sais quelque chose. Lucas et moi étions indiscutablement proches. Il me confiait beaucoup de choses. Je savais que ce ne serait pas toujours ainsi. Lucas a grandi, et le périmètre de son jardin secret a grandi avec lui. Les silences entre nous sont devenus des gouffres : mon fils m'échappait, et je n'imaginais pas à quel point. N'était-ce pas dans l'ordre des choses ? Avait-il pour autant cessé de me faire confiance ? Quand je le voyais pleurer dans sa chambre en rentrant de l'école, je savais que ce n'était pas normal. Je lui ai tendu la main pour qu'il me raconte. J'ai essayé de ménager des moments privilégiés où nous nous retrouvions tous les deux pour discuter de nos journées respectives. Ça n'a pas marché. J'étais inquiète. J'essayais de ne pas trop le lui montrer. Je craignais qu'il se braque. Si j'avais pu, je me serais transformée en petite bête à bon Dieu et je l'aurais suivi dans tous ses déplacements pour avoir accès à cette vie qu'il menait en dehors de la maison – pour le comprendre et adopter le comportement adéquat. Oui, je l'aurais espionné. Je ne l'ai pas fait. Parce que j'avais confiance en lui et que je croyais qu'en cas d'extrême limite il aurait assez confiance en moi pour m'appeler à l'aide. Comment protéger son enfant sans devenir intrusif ?

Mais surtout, à quel moment mon fils a-t-il cessé de me faire confiance ? Peut-être essayait-il simplement de me protéger. De ne pas me miner en me livrant ce qu'il avait sur le cœur. Peut-être dans sa tête les rôles s'étaient-ils inversés. Peut-être pensait-il que c'était à lui de protéger sa mère.

L'histoire d'un enfant de treize ans qui met fin à ses jours déborde de « peut-être ». J'ai longtemps cru que « peut-être » était la réponse qu'on apportait systématiquement aux questions auxquelles il est impossible de répondre. Que « peut-être » était une façon de botter en touche. Une réponse par défaut. Une réponse qui amenait forcément à reformuler et à reposer sa question dans l'espoir d'obtenir davantage de précisions. Une réponse impuissante à mettre un terme au tourment de l'interrogation. « Peut-être » ne pouvait pas être une « vraie réponse ». Depuis que Lucas est mort, il me faut apprendre à me contenter de « peut-être » ; à accepter que « peut-être » est aussi une réponse. Pourrais-je un jour m'en satisfaire ?

Lors de cette première intervention, nous avons également eu la chance d'ouvrir le débat sur le harcèlement avec des adolescents dont plusieurs sont inscrits dans l'ancien collège de Lucas. Ceux-ci nous ont signalé l'existence d'un jeune homme qui se ferait tabasser et cracher dessus du matin au soir par une bande de collégiens. La victime serait complètement repliée sur elle-même et refuserait de dénoncer ses agresseurs par peur de représailles. Il m'a été rapporté que certaines scènes d'une violence extrême se seraient déroulées en cour de récréation et devant l'établissement. Comment le collège pouvait-il l'ignorer ?

Quelques semaines plus tard, le 7 juin, j'ai été auditionnée par deux inspectrices de l'Éducation nationale, dans le cadre de l'enquête administrative. J'y suis allée en pleine confiance. L'audition a duré deux heures. Deux heures durant lesquelles je suis revenue sur la chronologie des faits de janvier 2022 à janvier 2023. Raconter encore et encore la même histoire est une expérience éprouvante. Chaque fois, j'ai l'impression de revivre les événements avec la même intensité. La douleur ne s'atténue pas. Ça fera toujours mal. On ne guérit pas de la perte d'un enfant. C'est une blessure à vie. Une blessure contre laquelle le temps ne peut rien. Pourtant, je sais que je n'ai d'autre choix que celui-là : témoigner pour que des histoires comme celle de Lucas ne se répètent plus.

Depuis le suicide de mon fils, je me demande ce que signifie « faire son deuil ». Je pense qu'il existe pour cette question autant de réponses que de personnes endeuillées. Voici la mienne : faire mon deuil de Lucas, ce n'est pas accepter qu'il ne soit plus là, c'est accepter que le chagrin provoqué par son absence soit un chagrin à perpétuité. Le chagrin ne s'effacera pas, et je ne veux pas qu'il s'efface, car cela reviendrait à tuer mon fils une deuxième fois. Le chagrin ne disparaîtra que lorsque je rejoindrai mon fils, là-haut, quelque part, près des anges. Alors, le chagrin se volatilisera. En attendant, il faut apprendre à « vivre avec ». Lutter pour ne pas se faire engloutir par le chagrin. Je m'y emploie. De toutes mes forces.

Lors de mon audition, j'ai également évoqué le cas de harcèlement qui m'avait été rapporté.

Le cas de ce jeune homme pose une série de questions auxquelles il est difficile d'apporter des réponses tranchées : comment venir en aide à une personne qui refuse de sortir de l'ombre ? Peut-on aider quelqu'un contre son gré ? Une aide inadaptée peut-elle avoir des effets contreproductifs ? Il n'y a pas de recette magique. Mais la règle de principe, celle sans quoi rien n'est possible, est la suivante : il faut d'abord briser le silence. Parler. Pour que le sujet du harcèlement ne soit plus un tabou et qu'il ne soit plus banalisé ou considéré comme une forme de « rite de passage ». Pour que les victimes, mais aussi tous ceux qui sont témoins de situations de harcèlement, se sentent suffisamment légitimes pour dénoncer leurs auteurs. Encourager la circulation de la parole à propos des violences qui s'exercent en milieu scolaire permet de déloger cette violence et d'empêcher qu'elle s'enracine. La violence est une mauvaise herbe qui peut tout coloniser si on l'autorise à prendre ses aises. Il convient donc de l'arracher, systématiquement, avant qu'elle ne s'installe. Et ne détruise des vies. Des vies comme celle de Lucas, Lindsay, Nicolas, Marion, Evaëlle, Chanel, Dinah et de tant d'autres.

Pour briser le silence, encore faut-il parvenir à repérer les symptômes du harcèlement chez un enfant ou un adolescent. Nous avons eu l'occasion d'aborder cette question clé lors d'une intervention dans un groupe scolaire d'Épinal qui a fait appel à nous après notre action de sensibilisation à Golbey. Des enfants du CP au CM2 étaient réunis devant nous en compagnie de plusieurs parents. L'un d'eux se demandait comment savoir si son enfant était harcelé s'il n'en parlait pas et n'avait pas de stigmates évidents, comme des traces de coups, des accessoires cassés ou vêtements déchirés. Je lui ai répondu qu'il fallait être à l'écoute visuelle et auditive de son enfant. Repérer tout changement de comportement, de look, mais aussi d'interactions sociales (est-il plus agressif ? sur la défensive ? plus isolé ?), prêter attention au rythme des repas ou des sorties. Tout ce qu'il essaie d'éviter de nous montrer. C'est l'invisible qui prime, d'où la difficulté à rester vigilant.

Ne partez pas du principe que « s'il y avait vraiment un problème, il en parlerait » : on a beau avoir un lien de confiance très fort avec son enfant, le sentiment de honte que provoque le harcèlement et la volonté de préserver ses parents sont si puissants qu'ils peuvent l'amener à dissimuler son mal-être. Alors, lorsque vous repérez ces signaux faibles qui peuvent trahir une situation difficile à l'école, n'hésitez pas à investiguer.

Parlez-en sans attendre à votre enfant pour l'inciter à s'ouvrir, en lui montrant que vous êtes là pour lui, que vous n'êtes pas dans le jugement et qu'il peut tout vous dire. Il n'est pas certain qu'il vous parle pour autant, car un dialogue direct peut le brusquer, voire l'amener à remettre en question ses ressentis (*Est-ce vraiment ce que je vis ? Est-ce après tout si pénible ? Est-ce que je mérite d'être aidé ? J'ai sûrement fait quelque chose pour mériter ça ?* etc.). En revanche, ses copains ou copines seront sans doute plus susceptibles de vous éclairer, car ils sont les mieux placés pour savoir ce qu'il vit au quotidien : vous avez donc le recours de leur parler discrètement, ou d'en parler à leurs parents, pour comprendre ce que traverse votre enfant.

Le cas échéant, que faire quand vous avez identifié l'enfant harceleur ? Comme pour l'enfant harcelé, l'approche frontale (l'accusation) n'est pas toujours efficace. Dans nos interventions, lorsqu'on me signale un enfant comme responsable d'actes de harcèlement, j'évite de le pointer du doigt comme le « méchant ». J'essaie, à la place, de dédramatiser tout en suscitant une prise de conscience de façon détournée, en lui demandant par exemple : « As-tu remarqué qu'untel va mal ? » ou « Sais-tu ce qu'on pourrait faire pour l'aider ? », de façon à l'impliquer dans la guérison de l'enfant harcelé, de le valoriser comme *protecteur*. Comme on l'a vu avec l'exemple de Sabrina, ce n'est pas toujours une solution pérenne. Faut-il alors aborder le problème avec les parents de l'enfant harceleur ? Le choix dépend beaucoup de leur réceptivité. Si les parents en question sont ouverts et bienveillants, la discussion peut être très bénéfique. J'ai ainsi l'exemple d'une lycéenne qui se faisait harceler à l'école et jusqu'à chez elle, puisqu'on venait l'insulter devant sa maison. Sa mère a fait appel à nous et nous en avons discuté toutes les trois, au calme. Comme la jeune fille refusait de porter plainte, sa mère a décidé d'alerter « l'autre mère ». Celle-ci s'est montrée compréhensive et responsable, et a elle-même parlé à sa fille pour que ces insultes ne se reproduisent plus.

Mais certains parents sont incapables d'entendre que leur enfant peut commettre des actes de harcèlement, et préféreront douter de la parole de la victime. Il faut alors employer le même détour : les sensibiliser au problème sans pointer leur enfant du doigt. On peut aussi impliquer un médiateur : un adulte de l'école, d'un centre social, un professeur de sports ou toute autre personne de confiance qui pourrait les sensibiliser efficacement. S'ils sont réceptifs, il est important de leur faire comprendre que si leur enfant ressent le besoin de harceler, de se sentir fort aux dépens d'autrui, c'est qu'il va mal : l'enjeu est aussi de guérir l'enfant qui agresse, pas seulement sa victime. Cette enquête peut passer là encore par une personne tierce qui aura sans doute plus de facilité à faire parler l'enfant : un psychologue, une personne du corps enseignant, ou un rendez-vous personnalisé avec une association comme la nôtre.

En janvier 2023, dans une interview accordée au journal *Le Parisien*[1], Laure Boutron-Marmion, avocate de la famille de Dinah[2], donnait une estimation du nombre de suicides de mineurs imputables au harcèlement scolaire. D'après les « remontées de terrain de différentes associations », « un à deux élèves se suicident chaque mois après avoir subi du harcèlement scolaire, soit une vingtaine d'enfants par an, environ ». Bien que ces chiffres ne soient pas officiels, ils méritent d'être considérés avec le plus grand sérieux.

En février 2024, les résultats d'une enquête menée par le ministère de l'Éducation nationale destinée à quantifier l'ampleur du harcèlement scolaire ont révélé que plus d'un élève par classe en moyenne serait victime

1. https://www.leparisien.fr/societe/harcelement-scolaire-on-estime-quun-a-deux-eleves-se-suicident-chaque-mois-22-01-2023-N7DCSFICBRAARM5727WSCFOCSA.php

2. Dinah Gonthier s'est suicidée à son domicile de Kingersheim dans la nuit du 4 au 5 octobre 2021. D'après ses proches, elle était harcelée en raison de son homosexualité. Le 30 septembre 2022, l'enquête pour harcèlement scolaire a été classée sans suite par la procureure de la République.

de harcèlement : 5 % des élèves du CE2 au CM2 en sont victimes, 6 % des collégiens, et 4 % des lycéens. Des chiffres qui parlent d'eux-mêmes.

Au cours de nos différentes interventions, j'ai constaté que les parents d'élèves reprochent tous la même chose à l'institution scolaire : la prévention contre le harcèlement demeure insuffisante, malgré la mise en place du programme pHARe. Les écoles n'ont pas suffisamment recours aux associations, qui proposent pourtant des interventions gratuites pour sensibiliser élèves, parents et corps enseignant. Certains établissements font figure d'exception, comme le collège Jacques Prévert de Wintzenheim en Alsace qui, sur l'impulsion de son principal, Philippe Weiss, convie une association par jour sur une grande variété de sujets. Mais cet investissement exemplaire dans le bien-être des élèves reste rare, et la plupart du temps il faut reconnaître que l'équipe pédagogique est peu formée et démunie face au phénomène du harcèlement.

Dès lors, comment choisir un établissement pour son enfant ? Comment estimer la bienveillance d'une école à l'égard des élèves, et éviter celles qui minimisent les cas de harcèlement et restent inactives face à la violence verbale ou comportementale ? Malheureusement, il n'existe pas d'indicateurs officiels permettant de s'y retrouver. Seul le bouche-à-oreille peut être efficace, ce qui rend les choses très difficiles pour les familles qui s'installent dans un nouvel environnement, sans réseau préalable. Il est donc urgent d'imaginer des mesures visant à évaluer chaque année les établissements, par exemple via une instance extérieure, un observatoire dédié. Cela permettrait de mettre en évidence les écoles en souffrance, et de leur assigner les moyens adéquats pour lutter contre ce fléau.

Il existe souvent un lien entre la violence qui s'exprime à l'école et celle qui s'exprime à la maison. Notamment sur le plan des violences verbales. Quand un enfant de sept ans prononce une insulte comme

« sale négresse », il y a fort à parier qu'il répète des propos entendus à la maison. C'est pourquoi il me paraît fondamental d'inclure les parents, sans exception, et particulièrement les parents des plus jeunes dans cette réflexion contre le harcèlement. De leur rappeler que les mots ont un sens et qu'ils ont un impact. D'où l'importance, également, de traquer les propos haineux et de les combattre partout où ils se nichent, que ce soit dans l'espace de la rue, dans les médias ou sur les réseaux sociaux. Les enfants grandissent avec nos prismes, nos représentations du monde, mais aussi nos craintes, même lorsque celles-ci ne sont pas exprimées. Ils sont les reflets de nos propres insécurités, sauf qu'il leur manque la maturité pour y faire face et gérer les émotions qu'elles provoquent. Il est donc important pour les parents de ne pas se murer dans le déni, d'identifier leur propre mal être, leurs propres insécurités, afin de ne pas les transmettre malgré eux à leur enfant. Je le répète, l'accompagnement d'un psychologue ou d'un thérapeute familial peut souvent aider à y voir plus clair et à apaiser les choses.

Il en va non seulement de la santé psychologique de nos enfants et de leur épanouissement à l'école, mais aussi d'un choix de société. Promouvoir l'acceptation des différences à tous les échelons de la société, c'est œuvrer à la formation du citoyen de demain : un citoyen tolérant, altruiste, éclairé. Pour un monde plus inclusif et plus juste. Un monde plus apaisé et – oserais-je le dire ? – un monde meilleur. Tout simplement.

Épilogue

Épinal, janvier 2025

Le livre est là. Enfin. Dans mes mains. Il a un poids. Une forme. Une texture. Une odeur. Il existe. Je peux le toucher, le caresser, le sentir, en tourner les pages. Ce ne sont que de l'encre et du papier. Et pourtant. Pourtant c'est bien plus que ça. Le livre est là, dans mes mains, et j'ai l'impression qu'il est fait de chair et de sang ; qu'il a un cœur dont j'entends distinctement les battements ; que ce livre est le corps de mon fils et qu'il vient occuper une infime portion du vide creusé par son absence.

L'écriture de ce livre m'a permis de poser des mots sur l'indicible. De mettre à distance des sentiments qui m'empêchaient d'avancer. De prendre de la hauteur. De ne pas me laisser bouffer par la colère. De me réapproprier des événements qui se sont succédé à une vitesse folle et qui m'ont parfois échappé. D'essayer de donner du sens à une histoire qui, pourtant, n'en a pas. Car le suicide d'un enfant de treize ans n'a pas de sens : c'est un « non-sens » absolu. Je me raccroche à l'espoir que l'histoire de Lucas puisse au moins servir aux autres.

J'ai écrit ce livre pour Damien et Anna. Pour les encourager, eux aussi, à poser des mots sur leur douleur, leur détresse, leur incompréhension, leur colère que je sens si profondes et qu'ils peinent encore à verbaliser. Pour que leur parole se libère et qu'ils aient ainsi une chance de se (re)construire après la mort de leur frère.

J'ai écrit le livre que j'aurais aimé que Lucas ait entre les mains avant qu'il ne passe à l'acte. Un livre qui lui dise : tu n'es pas seul. Parle ! Je te promets que la souffrance n'est pas une fatalité. La vie te réserve de belles choses. Ne baisse pas les bras. On va t'aider, attends, ne bouge pas !

J'ai écrit le livre que j'aurais aimé que ses camarades aient lu avant qu'ils ne s'en prennent à lui. Un livre qui les fasse réfléchir à leur relation à l'autre. Qui les invite à moins de désinvolture. À ne pas minimiser la portée de certains mots. Un livre qui les dissuade de foutre leur vie en l'air en même temps que celle de mon fils. Car désormais, relaxés ou non, ils devront vivre avec le fantôme de Lucas. Et ce ne sera pas facile.

J'ai voulu écrire le livre qui aurait peut-être fait la différence s'il avait été écrit plus tôt.

J'ai écrit ce livre pour tous les Lucas, tous les harceleurs, tous les chefs d'établissement, tous les CPE, tous les professeurs, tous les ministres de l'Éducation nationale, futurs ou en exercice, tous les parents démunis face au mal-être de leurs enfants et à des institutions peu réactives.

J'ai voulu écrire un livre qui fasse la différence. Aujourd'hui et demain.

Le combat pour la lutte contre le harcèlement scolaire ne fait que commencer et l'on peut déjà se féliciter de plusieurs avancées. Depuis le 24 février 2022, le harcèlement scolaire et le cyberharcèlement sont officiellement reconnus par la loi comme des délits autonomes. En août 2023, deux décrets ont été adoptés par le Parlement pour assurer une meilleure protection des élèves harcelés. Désormais, ce n'est plus aux victimes de changer d'école mais aux harceleurs ! Une évolution majeure : pendant des années les harcelés, pour échapper à leurs bourreaux et face à l'inertie des administrations, finissaient par quitter leur établissement dans l'espoir de se reconstruire ailleurs. De la même façon, les collèges et les lycées peuvent aujourd'hui enclencher des mesures disciplinaires contre des élèves commettant des actes de harcèlement ou de cyberharcèlement, y compris quand ces élèves sont scolarisés dans un autre établissement que le leur. Reste maintenant à évaluer l'efficacité avec laquelle ces nouvelles lois seront appliquées et à légiférer sur les ajustements qui pourront leur être apportés afin de les améliorer.

Je pose le livre sur la table et ouvre l'application Snapchat sur mon smartphone. Depuis le 7 janvier 2023, j'envoie à

Lucas un snap quotidien, une photo de quelque chose que je trouve beau, quelque chose que j'aurais aimé partager avec lui. Je n'ai pas supprimé son compte du réseau social. Pas supprimé son numéro de téléphone. J'appuie sur l'icône « créer un snap ». La couverture du livre, avec le visage de Lucas en grand, apparaît sur l'écran de mon téléphone. Cette photo de lui a été prise le jour de ses treize ans devant la mairie de Golbey où Mathieu et moi venions de nous pacser. Pour l'occasion, nous avions prévu d'aller déjeuner au restaurant chinois avec toute la famille et de passer l'après-midi au bowling, l'une de ses activités favorites. Lucas était heureux, excité comme une puce. Il était lui-même, enthousiaste, extraverti, généreux. Vivant. Tellement vivant.

Je veille à ce que la photo soit bien au centre de l'image. J'appuie sur « envoyer à », en bas de l'écran, et sélectionne « Mon Lulu » parmi mes contacts. J'envoie le message. L'historique de mes envois indique que le message a bien été remis à son destinataire. « Remis » mais pas « ouvert ». Dans vingt-quatre heures, le délai d'ouverture expirera et le message s'effacera de lui-même. Ce message disparaîtra comme tous ceux que je lui ai envoyés depuis deux ans. Quelque chose me dit cependant que je ne me plierais pas à cet envoi rituel si je ne conservais pas, au fond de moi, l'espoir minuscule que mon message puisse un jour être lu. Un jour, dans l'historique de mes envois, je verrai peut-être s'afficher l'intitulé suivant : « message ouvert ». Et même s'il n'y a aucune chance pour qu'un tel prodige se réalise, j'y crois. Je continuerai à y croire – Lucas, j'y crois parce que tu vis en moi. Tu es parti mais tu es quelque part. Nous avons encore du chemin à faire ensemble. J'ai encore tant de choses à te dire…

Postface

Ce qui est devenu « l'Affaire Lucas » est, avant tout, le drame d'un jeune adolescent attaqué en raison de son identité, dans son établissement scolaire, alors qu'il n'aspirait qu'à être lui-même.

Son suicide posera, une fois encore, une fois de trop, la question du harcèlement scolaire et de son issue, parfois fatale.

Séverine a littéralement surgi dans mon cabinet, en plein chaos, poursuivie telle une proie par des journalistes avides de sensationnel, de sang et de larmes, qui couraient après « le corps d'un enfant à peine tiède », au prétexte de diffuser de l'information. C'est donc pour la protéger, dans le tourment du drame que l'on sait, que je suis intervenue. Elle m'a fait confiance, je l'en remercie.

Face à la violence de cette traque, j'ai menacé de poursuivre ces journalistes, dénués de toute éthique, pour harcèlement.

J'ai contacté les autorités, procureur, policiers et préfet, pour que l'Institution, avec un grand I, s'interpose et joue son rôle de protection. Cela a fonctionné.

Suis-je sortie de mon rôle d'avocat ? Sans doute… J'ai agi comme défenseur d'une liberté essentielle : le droit à la dignité. J'ai simplement entouré Séverine pour lui permettre de vivre le profond chagrin qui la frappait, sans autres interférences.

C'est ainsi que nous avons organisé cette conférence de presse, le 30 janvier 2023, trois semaines après le suicide de Lucas, pour une prise de parole unique et cadrée de Séverine, afin de mettre un terme à cet emballement médiatique. Nous avons refusé de faire de la mort d'un enfant un journal à sensation... Séverine, que rien ne préparait à ce funeste destin, est toujours restée incroyablement digne. Il a ensuite été décidé de ne plus répondre à aucune sollicitation, dans l'attente du procès. Seule aurait lieu cette marche blanche en mémoire de Lucas.

L'exploitation à outrance du tragique interroge sur l'éthique de certains journalistes. Interpellés sur ce point, certains ont reconnu, non sans gêne, être soumis à une ligne éditoriale focalisée sur l'audimat. D'autres tentaient, bien démagogiquement je trouve, de justifier leurs pratiques par leur souhait de porter la mémoire de Lucas, de soutenir une lutte, d'offrir en quelque sorte une tribune à cette mère ravagée de douleur. Triste presse... Heureusement qu'une poignée de journalistes œuvre encore dans le respect de l'autre, et témoigne même d'une sincère empathie pour dénoncer ce que le harcèlement a de plus délétère et dangereux.

Je les en remercie.

Le choix d'un enfant de treize ans de mettre, un beau matin, fin à ses jours, ne cesse d'interpeller. La première issue à ce questionnement infernal consiste à désigner un coupable vers lequel diriger sa colère et son indignation. Le suicide est sans doute le geste le plus inacceptable pour ceux qui survivent au défunt. Pourtant, Séverine ne s'est jamais placée dans une logique vengeresse. Elle a toujours considéré avec une grande attention les enjeux et contraintes juridiques que je lui présentais. Dès le début, j'ai posé le fait que la réponse judiciaire à venir ne satisferait que peu ses attentes. Rien ne serait à la mesure de l'immense peine ressentie. Rien ne ramènerait Lucas à la vie, évidemment.

La justice est parfois très injuste, d'un point de vue moral et émotionnel. Le droit n'est pas la justice.

Séverine a parfaitement compris ces enjeux et a consenti à placer sa douleur de mère sur un autre plan. Pour autant, il était légitime que chacun prenne sa part dans la survenue de ce drame, ce qui n'a pas été le cas.

La défense de mineurs devant le tribunal pour enfants est un exercice difficile. Cette juridiction, avant de sanctionner, a vocation à éduquer. Il appartient dès lors à l'avocat de choisir la tonalité de sa défense qui devrait, selon moi, toujours avoir une portée éducative, compte tenu du très jeune âge des mis en cause. Il était crucial, au cours de ce procès, de faire entendre à ces quatre jeunes que leurs propos désobligeants, injurieux, blessants ont pu conduire Lucas au désespoir profond, celui qui vous prive de toute envie.

Ce procès était le premier mené sous la qualification de « harcèlement scolaire ayant conduit au suicide » depuis l'entrée des nouvelles dispositions de l'article 222-33-2-3 du Code pénal, issues de la loi n° 2022-299 du 2 mars 2022. Tout était à définir.

A priori, rien ne permet de déterminer avec certitude ce qui conduit au passage à l'acte suicidaire, ce qui, de fait, rend difficile l'application de ce texte. L'accumulation de ce qui semble des « petits riens » peut être une piste. Le législateur n'a donné aucune indication sur la nature du lien de causalité à établir entre les agissements de harcèlement et le suicide. Est-il exclusif ou non ? Cela relève donc de l'appréciation nécessairement subjective des juges du fond.

C'est la raison pour laquelle nous avons formé, avec l'avocat général, un pourvoi en cassation à l'encontre de l'arrêt rendu par la cour d'appel de Nancy, lequel est toujours en cours d'examen. Nous attendons que soit définie une méthode pour appliquer ces nouvelles dispositions.

De ce procès s'est vraiment dégagée la « banalisation du mal », ce mal qui ronge les cours d'école et qui déroute. Sous couvert de « la réalité n'a jamais été rose, on en parlait moins à l'époque », « le monde d'aujourd'hui est violent mais c'est ainsi qu'il fonctionne », j'ai eu le sentiment d'assister non seulement à une banalisation, à une minimisation des faits, mais également à une forme de résignation et de renoncement de la part de ceux qui sont précisément engagés dans l'éducation. La perte du sens des mots, la perte du sens de l'autre n'ont finalement que peu interrogé. C'était pourtant bien le cœur du sujet !

À vouloir trop protéger ces jeunes mis en cause, à vouloir trop leur éviter de porter une part de ce drame, je crois que l'on a perdu de vue l'essentiel : l'humanité en chacun de nous. Aucune excuse, aucun regret exprimé à l'adresse de Lucas ou de sa mère… Quelle vertu éducative trouver à cette décision finale de relaxe, alors que la cour d'appel retient néanmoins l'existence d'injures homophobes répétées et demeurées impunies ?

Je ne blâme pas ces quatre jeunes qui ont pu, naturellement, prendre peur face à ce drame ; mais qu'en auront-ils retenu ? Je blâme ce système qui a déroulé son argumentation juridique pour se rassurer en faisant entrer l'innommable, l'indicible, dans une petite case.

Serais-je idéaliste, hors du réel ? Sans doute. L'idéal est un moteur nécessaire à l'avancée de toute société, de toute société démocratique. Tendre vers un idéal, transmettre cet idéal, place chaque individu dans un cycle vertueux et donne du sens à l'existence. Ce sens que perdent, cherchent et parfois ne trouvent plus certains adolescents en souffrance, dont Lucas… Ce sens que Séverine tente désespérément de donner au geste de son fils.

La justice sera donc ailleurs, hors de l'enceinte judiciaire. Sa recherche se poursuivra dans chaque petite action, même minime, menée par l'association créée avec Séverine dont le nom m'est apparu comme une évidence : LUNAH (Liberté Unité Non au Harcèlement), en écho au prénom de Lucas.

Aller au-devant des élèves, libérer la parole, former et informer, telles seront les principales actions menées par cette association. Faire prendre conscience à chacun qu'il peut être tour à tour victime ou auteur de harcèlement, qu'il n'y a pas de profil type mais une multitude de facteurs favorisant une forme d'acharnement. Sensibiliser les témoins silencieux.

Alerter sur les signes avant-coureurs, mais également sur l'absence de tout signe avant-coureur. La douleur ne s'exprime pas toujours...

Cet engagement aux côtés de Séverine m'anime et donne grand sens au métier que j'exerce depuis plus de vingt ans, que j'ai choisi et que je choisis de poursuivre.

Lucas nous anime, sa mère bien entendu en premier lieu, mais moi également. Il est l'enfant que chacun de nous pourrait avoir. Il est l'enfant que chacun de nous pourrait être. Il est devenu un symbole malgré lui et vivra dans l'esprit de tous. Pour sa petite sœur, Anna, tout cela prendra sens également et déterminera, sans doute, l'adulte qu'elle sera. Une chose est sûre, elle a déjà beaucoup appris et compris, du haut de ses six ans.

Nous avons, chacun à notre échelle, un grand rôle à jouer en matière de lutte contre le harcèlement et les discriminations, quelles qu'elles soient.

Un grand rôle à jouer pour participer à la construction d'une société plus juste, qui intègre le respect de chacun. Celui de l'école républicaine est déterminant à ce titre. Elle forme des esprits et des citoyens en toute égalité… sur le papier en tout cas. « Chaque enfant qu'on enseigne est un homme qu'on gagne » (*Les Quatre Vents de l'esprit,* I, 24, 1881, Victor Hugo). L'école devrait être LA priorité de nos politiques publiques. Les cours d'EMC (Éducation morale et civique) ne sont manifestement que théorie et n'entrent pas dans l'esprit des collégiens. Le collège est devenu un lieu de violence inouïe…

Ce combat, celui de Séverine, est devenu le mien également. Agir pour restaurer l'idéal républicain contenu dans notre devise. La lutte contre le harcèlement ne pourra aboutir qu'en luttant contre l'ignorance, le fanatisme et la pauvreté. À notre humble échelle, avec Séverine et tous les membres de cette association, notamment Olivier, Dominique, Claire et Maxime, nous poursuivrons ce combat, en mémoire de Lucas et de toutes les autres victimes de la fureur de ce monde.

Catherine Faivre
Avocate

Si vous êtes victime de harcèlement scolaire ou de cyberharcèlement, parent d'un enfant harcelé, ou simplement témoin, contactez sans tarder le **3018** (7 jours sur 7, de 9 h à 23 h). L'appel est anonyme et gratuit.

Vous pouvez également prendre attache avec toutes les associations investies dans la lutte contre le harcèlement. LUNAH est à votre écoute et vous accompagne, principalement sur tout le secteur Nord et Grand Est.

Ses coordonnées sont : 11, rue André-Pflug 88000 ÉPINAL

Courriel : info@lunah.fr

Site net : https://lunah.fr

(site conçu par : www.snark-gfx.com)

Édité par HarperCollins France

Composition et mise en pages
Nord Compo à Villeneuve-d'Ascq

Achevé d'imprimer en décembre 2024.

FIRMIN-DIDOT

à Mesnil-sur-l'Estrée (Eure)

Dépôt légal : janvier 2025.

Pour limiter l'empreinte environnementale de ses livres, HarperCollins France s'engage à n'utiliser que du papier fabriqué à partir de bois provenant de forêts gérées durablement et de manière responsable.

Imprimé en France